खत्म न हो मेरी सजा...एक प्रेम कहानी...

मोनिका गंगवार

Copyright © Monika Gangwar
All Rights Reserved.

ISBN 979-888546169-6

This book has been published with all efforts taken to make the material error-free after the consent of the author. However, the author and the publisher do not assume and hereby disclaim any liability to any party for any loss, damage, or disruption caused by errors or omissions, whether such errors or omissions result from negligence, accident, or any other cause.

While every effort has been made to avoid any mistake or omission, this publication is being sold on the condition and understanding that neither the author nor the publishers or printers would be liable in any manner to any person by reason of any mistake or omission in this publication or for any action taken or omitted to be taken or advice rendered or accepted on the basis of this work. For any defect in printing or binding the publishers will be liable only to replace the defective copy by another copy of this work then available.

सच्चे प्यार का कभी कोई समय या कोई जगह नही होती। ...प्यार एक अच्छा एहसास, प्यारा रिश्ता, बंधन...

क्रम-सूची

प्रस्तावना

ek vyakti jo har feild me sabse aage achanak kahi jhuthhe iljaam me fas jata hai,apne parivaar se hi nahi wo apni premika se bhi bahut durr ho jata hai,aur sochta hai ki ab wo dono kabhi nahi milenge ......

आमुख

खत्म न हो मेरी सजा...

मैं सबकुछ पीछे छोड़ आया। सारे रिश्ते....। सारी यादें...। कभी-कभी याद आ ही जाती थीं। बात उस समय की है जब उस शहर से आये हुए लगभग छः साल बीत हो चुके थे। जब मैं वहां गया था तो नौकरी के लिए कई दिनों तक हाथ-पैर मारे.... कुछ भी काम न मिला तब थक-हार कर एक होटल में चाय-पानी देने, मेज साफ करने की नौकरी कर ली वो महज सुबह-शाम के खाने के अलावा रहने के लिए स्टोर रूम। ऐसा नहीं था कि मैं ही वहां अकेले रहता था वहां पर दो-तीन और लड़के रह रहे थे...। उनका रहन-सहन काफी गंदा था, वो गर्मी में भी वही बदबू वाले कपड़े पहने सो जाते थे, पर मैं ऐसा नहीं कर सकता था। एक मजबूरी थी फिर भी साफ-सफाई से रहने की ऐसी आदत पड़ी हुई थी कि चाह कर उन जैसा नहीं बन सकता था। लगभग एक महीना बीत गया था। होटल मालिक खुश था, क्यों? क्योंकि मैं पूरे होटल की सुबह-सुबह धुलाई करवा देता और जैसे ही मेज या फिर पर गंदगी फैलती तो तुरन्त साफ करने के लिए लड़कों से साफ करवा देता या फिर खुद ही लग जाता था। यहां की सफाई को देखते हुए ग्रहको की संख्या में इजाफा हो चुका था। मालिक कभी-कभी जब ज्यादा खुश होते तो कह देते बेटा तुम्हारे आने से हमारे होटल की किस्मत ही बदल गयी है। मैं उनके लिए एक पिंटू था, ऐसा नहीं था कि उनको मेरा असली नाम नहीं मालूम था लेकिन भला उस नाम का वहां क्या काम। मैं उनसे कह बैठता कि चाचा आप चिन्ता न करों इससे बढ़िया हो जाएगा। मालिक कभी-कभी होटल में देर से आते तो मैं उनका थोड़ा-मोड़ा काम संभाल लेता था। ऐसा नहीं था कि वहां पर उनका छोटा भाई नहीं रहता था, लेकिन वे उससे ज्यादा अब मुझ पर भरोसा करने लगे थे। पता नहीं क्यों जब कोई मुझ पर ज्यादा भरोसा करने लगता और मुझे एक जिम्मेदार इंसान मानने लगता था तो मुझे अपने आपसे घृणा होने लगती थी, शायद मेरा अतीत कुछ ऐसा था जो बार-बार सामने आ जाता था।

धीरे-धीरे समय गुजरता जा रहा था। मैं भी अपनी ही धुन में होटल के लिए दिन-रात एक किये जा रहा था। अब तो होटल सुबह पांच बजे से रात एक बजे था खुला रहता था। वहां पर तीन-चार और नये लड़कों ने काम करना शुरू कर दिया। सुबह पांच से दस और शाम के नौ बजे से होटल बंद होने तक मैं संभालता था। मालिक मुझे पैसे भी देने लगे थे। वे कहते थे बेटा हम तो होटल से सिर्फ परिवार

पालने तक ही कमा पाता था, पर अब तो हमारे होटल का नाम हो चुका है कि लोग हमें सम्मान से देखने लगे हैं। इस लिए इस कमाई में थोड़ा हक तुम्हारा भी है। इस पर मैं उनसे सिर्फ इतना ही कह पाया 'चाचा ये तो आपका देखने का नजरिया पर मैं इतना अच्छा नहीं।'

एक दिन मालिक बैठे हुए थे कि घर से फोन आया कि उनके बच्चे कॉलेज से नहीं आये हैं तो वह कहने लगे 'पिन्टू, तुम होटल संभालो मैं जीतू-नीति के कॉलेज जा रहा हूं वो लोग अभी घर नहीं पहुंचे हैं।'

'कोई नहीं, मैं संभालता हूं। कोई दिक्कत हो फोन कर दीजिएगा। या फिर मैं चलू...।'

'नहीं बेटा तुम यहां रहो, जरूरत होगी तो बता दूंगा।'

करीब तीन घंटे बाद मालिक आये तो मैं पूछा 'क्या हुआ था चाचा'

'कुछ नहीं बेटा, उन लोगों का काम अधूरा था तो वो दोनों अपने दोस्त के घर चले गये थे।'

'किस क्लास में हैं वो दोनों'

'जीतू बी.कॉम फस्ट इयर, नीति-बी.ए. सेकेंड इयर'

'चाचा, अगर आप कहो तो उन दोनों को पढ़ा सकता हूं।'

'बेटा तुम पढ़ा सकते हों?'

'हां, चाचा हम पढ़ा देंगे।'

'बेटा, आज तक नहीं पूछा कि तुम कौन हो, पर इतना जरूर जानता हूं कि तुम किसी अच्छे घर के बच्चे हो। तुम यहां क्यों नहीं जानता लेकिन कोई मजबूरी रही होगी।'

'चाचा, मैं कौन हूं, कहां से आया और क्यों आया। ये सब पुरानी बात है। रही बात जीतू और नीति की पढ़ाई की तो वह जिम्मेदारी हमारी है।'

'ठीक है बेटा। पर.... आपने कितनी पढ़ाई कर रखी है।'

'चाचा, छोड़िए इस बात को।'

'अच्छी बात है। कभी नहीं पूछूंगा।'

मैंने होटल के काम के साथ-साथ दोनों को पढ़ाना शुरू कर दिया था। मालिक मुझ पर पूरी तरह भरोसा करने लगे थे। चूंकि उनके छोटे भाई की शादी तय हो चुकी थी इस कारण वे होटल में बहुत कम समय दे पाते थे। मुझ पर होटल के काम के साथ-साथ जीतू और नीति की पढ़ाई का भी बर्डन पड़ने लगा था, इस कारण मैंने उन दोनों को होटल में ही बुलाकर पढ़ाना शुरू कर दिया था। चूंकि होटल को तोड़कर नयी तरीके बनाया जा चुका था। नीचे होटल और साथ-साथ कुछ ठहरने वालों के

लिए तीन चार कमरे भी बनवा दिये गये थे इसलिए उन्हें पढ़ाने कोई परेशानी नहीं आ रही थी। अब जिन्दगी पूरी तरह से बदल चुकी थी। उन दोनों को पढ़ाने के साथ-साथ वो बोर न हों इसलिए उनके कॉलेज, दोस्त आदि के बारे में बात करने लगता था। जीतू-नीति कभी-कभी कुछ ऐसे सवाल कर बैठते थे, जिससे मैं विचलित हो जाता और अपनी पुरानी यादों में खो जाता, उस दिन करवटों में रात गुजर जाती पता नहीं चलता।

एक दिन नीति ने हाथ पकड़ते हुए पूछा लिया 'पिन्टू भईया, आप हमें इतनी अच्छी तरह पढ़ा लेते हैं आपने कहां से पढ़ाई की है। आपके घर में कौन-कौन है।'

मैं जिन बातों से भाग रहा था। वही सवाल लिये नीति ने जिद्द पकड़ ली कि मैं जब तक उसे कुछ बताऊंगा नहीं तब तक वह नहीं जायेगी। चूंकि आज जीतू नहीं था इसलिए वह और जिद्द कर रही थी क्योंकि वह अपने छोटे भाई के सामने कुछ कम बोली थी। मैं उसकी बातों का जवाब देने के लिए हिम्मत बांधी और कहा....

'मैंने सीए कर रखा है और कम्प्यूटर में मास्टरी मिन्स एमसीए हूं।'

वह हैरानी से देखते हुए बोली 'भईया तो आप यहां क्या कर रहे हैं। आपको बैंकों में असानी से नौकरी मिल सकती है। आप.... आप..... आप.... न बेहद बेवकूफ हैं।' और पता नहीं क्या.... क्या... बोली जा रही थी। लेकिन उसकी बात को अनसुनी कर मैं अपने अतीत में चला गया...

'पिन्टू....। कब तक सोता रहेगा। इंस्टीट्यूट नहीं जाना है।'

'नहीं मां, आज नहीं जाऊंगा। आज सेकेंड सटर्डे है। इंस्टीट्यूट बंद है। अब सोने दो रोज ता सुबह से लेकर शाम तक दौड़ लगी रहती है। कम से कम आज तो रहने ही दो।'

'ठीक है.... लेकिन मुईन, अजय तुम्हें दो-तीन बार पूंछ चुके हैं। वो कुछ कह रहे थे कि मैं तुम्हें किसी कॉलेज के बारे में याद दिला दूं।'

मैं चादर फेंकते हुए दौड़ा 'ओ... तेरी की। मैं कैसे भूल गया। ये लोग भी न फोन नहीं कर सकते थे।'

'बेटा.......जी उन्होंने फोन ही किया था लेकिन तुमने उठाया नहीं तो मैंने ड्राईंग रूम में उठा लिया। और आपको बात बताई...। और किस कॉलेज की बात हो रही है।'

'मां देखो मैं आपको सबकुछ बताऊंगा लेकिन शाम को अभी तो तैयार होने दो। वैसे भी काफी देर हो चुकी है।'

'ठीक है नाश्ता टेबल पर रखा है। खा लेना मैं भी बगल वाली आंटी के घर जा रही हूं।'

'अच्छी बात हैं मां लेकिन कुछ पैसे भी मेज पर रख दो। पेट्रोल भरवाना है।'

'बेटा कल ही तो दिये थे दो सौ रुपए।'

'मां... वो न कल छोटी सी ट्रीट देनी पड़ गयी थी क्योंकि मैं इंस्टीट्यूट में फस्ट आया था।'

'ठीक है... ठीक है... लेकिन तुम्हारे पापा को पता चलेगा न तो जानते हो सारा घर सर पर उठा लेगें। फिर चिल्लायेंगे कि तुम तीनों खर्चा कैसे उठाऊं। गायत्री और शिवम के कॉलेज-हॉस्टल की फीस, घर खर्चा वगैरा-वगैरा...।'

'मां... आज दे दो। आज के बाद एक रुपया भी नहीं मांगूगा। अपनी जान कसम।'

'इसमें कसम खाने की कौन सी बात है। ये सारा सबकुछ तुम तीनों का ही है लेकिन फालतू खर्च। जानते हो कितनी महंगाई बढ़ गयी है। और तुम्हारे पापा बहुत बड़े वकील तो हैं नहीं।'

'हां, सब जानता हूं। ठीक है केवल सौ रुपये दे देना।'

'मैंने मेज पर पैसे रख दिये हैं उठा लेना और घर आटो लॉक करना मत भूलना। मैंने चाबी ले रखी है।'

मैं तैयार होकर नाश्ता करने के बाद मेज पर पैसे देखे तो पूरे पांच सौ थे। मैं मां को जानता था कि मां ऊपर से चाहे ज्यादा गर्म हो सारी जानकारी करने के बाद वह अपना लुटा देती थी। तभी पिन्टू क्या गायत्री और शिवम भी अपनी डिमांड उन्हीं के सामने रखते थे। पापा तो कोर्ट से आने के बाद घर में वकालत झाड़ने लगते थे। बात-बात हम लोगों को दोषी करार दिया जाता था। मां बेचारी चुपचाप सुनती रहती थी। मैं मुईन और अजय तीनों दीपिका के कॉलेज के बाहर खड़ा था। मुईन अंजुम के साथ और अजय शिवानी के साथ इंगेज थे। मैं बेचारा दीपिका के लिए पिछले तीन महीनों से लाइन में लगा था, लेकिन दीपिका एक बार भी मेरी तरफ नहीं देखा। जब भी देखा तो नफरत भरी नजरों से जैसे मैं लफंगों की टोली का टपोरी हूं। एक-आध बार उससे बोलने की कोशिश तो उसने सीधे कहा 'अभी पुलिस को बुलाती हूं... निकल जायेगी तेरी आशिकी...।' लेकिन आज अपने हाथों में फूल लिए खड़ा...। क्यूं, क्योंकि आज उसका जन्म दिन था। मैं देखना चाहता था कि वह कब तक इंकार करेगी। कहते हैं न 'इक दिन हसीना मान जाएगी.... हसीना मान जाएगी।' वह कॉलेज के बाहर आ चुकी थी। साथ में शिवानी और अंजुम भी थी। वे दोनों हम लोगों को देखकर खुश हो गयी थी, परन्तु.... दीपिका का पारा सातवें आसमान पर पहुंच चुका था। मैंने भी उससे बात करने की ठान ली थी...।

'दीपिका सुनो...।'

वह चीखने लगी...' क्या बात है? क्यों पीछे पड़े हो मेरे। मैं तुम्हें नहीं चाहती और न ही नइ सब फालूत बातों के लिए वक्त है मेरे पास। चले जाओ यहां वरना चप्पल खाओगे।'

मैं चीख पड़ा 'तुम थोड़ा चुप होगी। मैं तुम्हें को प्रोपोज करने नहीं आया हूं तुम्हारा जन्मदिन इसलिए बधाई देने आया था।' उसकी तरफ एक बुके बढ़ा दिया।

उसने गुस्से मेरी तरफ देखा और बुके मेरे हाथों से छीन कर सड़क पर फेंक दिया। मैं उसकी इस हरकत से अंजान था कि वो ऐसा कुछ कर सकती थी। फिलहाल उसे जो करना कर चुकी थी। मैं भी गुस्से में आ चुका था। इस बात को मुईन, अजय भी समझ चुके थे मैं कुछ बोलता तभी दोनों मुझे पकड़कर वहां से ले जाने लगे। मैं गुस्से उसको लगातार देखता जा रहा था। वो भी मुझे देखते हुए आगे बढ़ गयी।

शाम को मुईन का फोन आया। पिन्टू क्या कर रहे हो। मैंने उचाट मन से कहा यार अभी तो परसों के लिए प्रोजेक्ट तैयार कर रहा हूं। और तुम बताओ, अजय कहां है। मुईन ने कुछ कहा लेकिन टीवी का वैल्यूम तेज होने की वजह से मैं सुन नहीं पाया तो शिवम को टीवी धीमा करने को कहा... फिर उसकी बात सुनी। उसकी बात को सुनकर मैं चैंक पड़ा और गुस्से में बाहर निकला, गाड़ी उठाई, मुईन और अजय को लेकर उस मोहल्ले में गया जहां दीपिका रहती थी। मुईन ने रास्ते मुझे पूरी बात बताई कि आखिर क्या हुआ था। मैं काफी गुस्से में था, अजय पूरी तरह से भांप चुका था इसलिए उसने कहा भाई, उस चिरकुट को वहां नहीं कुछ कहना वरना दीपिका की बदनामी होगी। उसको बाहर ले जाकर समझाना होगा। मुझे अजय की बात कही हद तक जंची। मैं गाड़ी वापस मोड़ ली। मुईन ने सांस में सांस ली, चलो हंगामा होने बच गया।

मैं दो-तीन दिन से इंतजार कर रहा था कि कब अहमद-संतोष बाहर मिले और उन्हें मजा चखाऊं। इसलिए इंस्टीट्यूट से सीधे उसके कॉलेज के सामने खड़ा रहता था। पर वे लोग गायब थे। फिर मैंने सोचा चलो किसी दिन अचानक पकड़ूंगा। इधर मेरे पेपर नजदीक आ गये थे तो मैं भी बिजी हो गया। एक तो इंस्टीट्यूट ऊपर सीए सर के साथ प्रैक्टिस करना। मैं थक जाता था। मुईन-अजय से इंस्टीट्यूट में मुलाकात हो ही जाती थी तो दीपिका का सारा ब्यौरा मिल जाता था।.....

'पिन्टू भईया.... पिन्टू भईया.... पिन्टू भईया.... कहां खो गये आप। सॉरी आपको डिस्टर्ब कर दिया है न' मैं नीति की आवाज सुनकर अपने अतीत से बाहर आया तो आंखों में एक आंसू की छोटी सी बूंद थी। उसे छुपाते हुए कहा-'नहीं रे.... ऐसी कोई बात नहीं है। तुम भी जाओ काफी देर हो चुकी है।'

'हां, भईया देर तो हो गई और आपको नीचे भी काम देखना होगा।'

'अच्छा ऐसा करो कि तुम जाओ, अब बाकी कल बता दूंगा। लेकिन एक बात का ख्याल रखना कि इस बात का किसी से जिक्र नहीं करोगी। भूल कर भी नहीं।'

उसके जाते ही मैं होटल के कामों में व्यस्त हो चुका था लेकिन रात में अकेले होने पर धुंधली-धुंधली यादें जहन पर छाने लगी थी। काफी रात तक जगने के कारण सात बजे आंख खुली तो मैं भाग कर नीचे होटल में आया। जान में जान आयी यह देखकर कि सबकुछ रोज की तरफ सफाई हो चुकी थी, कस्टमर आ-जा रहे थे। सभी काम सही तरीके से हो रहे हैं। हिसाब नवतेज कर लेता है मालिक, छोटे भईया या फिर मेरे न रहने पर गल्ला सभांल लेता था। मैं निश्चित होकर ऊपर फ्रेश होने चला गया, उस समय भी कल शाम और रात की बातें दिमाग में घूम रही थी। घर पर लोग कैसे होंगे, मां-पापा, बहन और मुईन-अजय तो मुझे भूल गये होंगे। मैंने भी वहां से आने के बाद कभी सम्पर्क नहीं रखा उन लोगों से और किस मुंह से उनसे बात करता। मैंने गलती की थी, मानता हूं लेकिन क्या वह इतनी बड़ी थी, उसने भी तो मुझे नहीं समझा था। क्या-क्या नहीं पर नतीजा शून्य था, थक हार कर मैंने ये कदम उठाया। इन बातों के बीच तैयार होकर मैं होटल के गल्ले पर बैठ गया। चूंकि दो-तीन होटल बंद रखना था इसलिए शाम मालिक आये और कहने लगे।

'पिन्टू तुम्हें कुछ जिम्मेदारी सौंप रहा हूं। पहले तो स्टेशनों से महमानों को रिसीव करके घर पहुंचान, उनके लिए खाने-पीने की व्यवस्था करना है। कल से रिशेप्शन के दूसरे दिन तक तुम्हारे हमारे ही घर पर रहना और सारा अरेंजमेंट देखना। इसके लिए तुमको एक गाड़ी और ड्राइवर भी दे दे रहा हूं। ठीक है समझ गये। होटल परसों से बंद रहेगा। इन लड़कों से भी कह देता हूं कि वहां का दो-दिन काम देख लेंगे।'

'अच्छी बात है चाचा। लेकिन होटल में भी तो कोई न कोई रुकेगा। ऐसे खाली तो नहीं रहेगा।'

'पिन्टू ये लोग दिन भर वहां रह कर रात में होटल वापस आ जाया करेंगे। वैसे भी कुछ मेहमान लोग भी तो होटल में रुकेंगे न।'

'अच्छा, चाचा।'

'पिन्टू एक और बात आज शाम को नूर आलम की दुकान चले जाना। तुम सभी के लिए वहां कपड़े रखे हैं उठा लेना।'

'ठीक बात है चाचा पर... सबके लिए कपड़े।'

'हां सभी के लिए। और एक बात अपने तुम अपना हुलिया भी ठीक कर लो। वैसे साफ सुथरे तो रहते हो लेकिन दाढ़-बाल कटवा लेना और अपने कपड़ों अपने साथ ही रखना। उसे वहीं बदलने लेना। ठीक है। अच्छा तो मैं चलता हूं, ध्यान रखना।'

'ठीक है चाचा, आप जैसा कह रहे हैं ध्यान रखूंगा।'

शाम को होटल बंद करते-करते कपड़े लेने का ध्यान ही नहीं रहा। जबकि सभी लोग कपड़े ला चुके थे। दूसरे दिन सुबह से ही मैं कामों ऐसा व्यस्त हुआ कि कपड़े उठाने का समय नहीं मिल पा रहा था कि तभी... चाचा जी हमारे पास आये और बोले...।

'बेटा, नीति के साथ कुछ लड़कियों को पार्लर छोड़ देना...। तुम भी चेंज कर लेना।'

'चाचा, मैं तो अभी तक कपड़े वगैरा ला ही नहीं पाया रही बात इन लोगों को छोड़ने की तो ड्राइवर से बोल देता हूं। और मैं अपने कपड़े लेकर होटल में चेंज कर लूंगा। ज्यादा देर नहीं लगेगी।'

'तू अभी कपड़े नहीं लाया। अच्छा ऐसा कर बेटा कि मेरी बाईक ले जा और ड्राईवर से बोल देना कि उन्हें पार्लर ले जाये और आये भी। इस बीच मैं और काम निपटा लेता हूं। वैसे भी बरात निकलने में दो-तीन घंटे हैं। तब तक सबकुछ हो जाएगा अगर कुछ बचा भी तो ये लोग निपटा देंगे।'

मैं गाड़ी लेकर कपड़े की दुकान में पहुंचा और अपना परिचय देते हुए कपड़े देने की बात कही तो दुकान मालिक नूर आलम ने कपड़े देते हुए चेजिंग में रूम टेस्ट करने को कहा। मैं कपड़े देखकर अचम्भित रह गया। एक शेरवानी सूट, एक कोट-पैन्ट और उसी से मैच खाते जूतों के दो सेट। इतना सब देखने के बाद मैंने उनसे कहा कि शायद आपको गलतफहमी हो गयी होगी। तब उन्होंने तुम्हारी फोटो के साथ नाप, जूतों का साइज वैगराह सब दिया। मैंने सारा समान लिया और होटल जाकर चेंज कर पहुंचा ही था कि वहां पहुंचा जहां से बारात आगे जानी थी। मुझे नीति के साथ एक जाना-पहचाना चेहरा दिखा। चूंकि वो काफी दूर थे तो ज्यादा ध्यान से देख नहीं सका था। मैं उन तक जाने की कोशिश करता तब तक मालिक आये और बोले...

'पिन्टू तुम तो हीरो लग रहे हो। चलो तुम बारात के आगे की ओर ध्यान रखना। नाचते हो कि नहीं अगर नाचते हो तो बीच-बीच में ठुमके लगाने आ जाना।'

'चाचा जी, आपको इतना खर्च करने की क्या जरूरत थी...।'

'बेटा... तू मुझे बताया गया कि कितना खर्च करना है या नहीं। चल आगे की देख और खर्च करना मेरी खुशी थी। तू न होता तो शायद हम लोग वहीं के वहीं पड़े रहते।'

उन्होंने कान पकड़ते हुए इतने प्यार से कहा तो मैं कुछ जवाब नहीं दे सका। इसी बीच वहां के काम करने वाले मुझे किनारे ले गये और बियर आफर की तो पहले मना किया लेकिन जोर देने पर दो पैग लगा ली। मुझे पीते ही अहसास हो गया कि उसमें बियर के साथ व्हिस्की भी मिक्स थी। इस स्थिति में मैंने बारात के अंदर जाने की सोच पूरी तरह मन से निकाल चुका था। कहीं कुछ उल्टा-सीधा हो गया तो मैं किसी को कोई जवाब नहीं दे पाऊंगा। बारात निकल चुकी थी... सभी लोग नाच-गा रहे थे...। हर एक मस्ती में थे...। चाचा भी थोड़ा मूड में थे। वे मुझे ढूंढते-ढूंढते आ और नाचने के लिए फोर्स करने लगे तो मैंने उन्हें अपनी हालत बताई तो उन्होंने कहा कि वे सब जानते हैं और उन्होंने मुझे बियर देने के लिए कहा था। इतना ही नहीं वे जानते थे कि कभी-कभी जब काफी मन भारी होता था तो पैग लगा कर सो जाता था। वे मुझ पर इतना विश्वास करते थे कि मैं उन्हें को उत्तर दे नहीं सका और अपनी मौन स्वीकृति देते हुए नाच में शामिल हो गया। सभी मस्ती में झूम रहे थे कि तभी एक धमाका हुए मेरे समाने नाचते हुए अजय की बहन हंशिका आ गयी। मैं देखकर का शॉक रह गया और वो मुझे देखकर शॉक हो गयी। मैं तुरन्त वहां से निकलने लगा तो नीति मुझे आवाज देने लगी। हंशिका ने उसे रोक दिया। मुझे नाराजगी और नफरत भरी आंखों से देखने लगी। इस बात पर किसी ने ध्यान नहीं दिया। मैंने भी मौका पाकर वहां से निकल जाने में ही भलाई समझी। वहां से निकल कर सीधे अपने साथियों ढूंढकर कुछ पैसे दिये और व्हिस्की लाने को कही फिर मैंने व्हिस्की पीकर कार के अंदर जा कर चुपचाप सो गया। मैंने अपना मोबाइल बन्द कर दिया था। क्योंकि मैं जानता था कि चाचा हमें फोन जरूर करेंगे और इस हालत में मुझे वहां नहीं जाना चाहिए था। गाड़ी में लेटे-लेटे सो गया।

जब आंख खुली तो सुबह के पांच बज रहे थे। मैंने हाथ-मुंह धोकर मंडप के नीचे पहुंचा जहां शादी हो रही थी। मैंने देखा कि हंशिका वहां नहीं थी तो थोड़ी राहत की सांस ली... लेकिन वह मेरी भूल थी। वह मुझे ही ढूंढ रही थी। क्यों पता नहीं... मैं उसका सामना कैसे करता और उसके क्या-क्या प्रश्न होंगे मैं नहीं जानता था।

मैं वहां से निकलना चाह रहा था तभी हंशिका ने आवाज दी कि पिन्टू भईया....., उसकी आवाज में एक दर्द था। मैं उसकी आवाज सुन कर सन्न रह गया। तभी उसने दोबारा आवाज दी थी भईया... मैं आपको ही आवाज दे रही हूं... दौड़ती हुई आई और मेरे बाहों समा गयी। मुझे कुछ भी याद नहीं रहा कि मैं कहां था...?

उसकी आंखों सिर्फ आंसू और सिसकियां थी... और बोलती... भईया... आप यहां... कब से हैं और हम लोग हर जगह ढूंढ रहे हैं कि आपको बता सकें....? फिर रोना चालू किया कि उसकी आंखों से लगातार आंसू बह रहे थे। ये देखकर नीति खुश हुई कि कोई तो है जो मुझे इस तरह याद करता है। शायद नीति और हंशिका एक-दूसरे ने मेरे बारे में सबकुछ बता दिया था, तभी उसने ज्यादा कुछ नहीं पूछा... बस कहने लगी कि आपको बहुत कुछ बताना है। हम लोग एक खाली कमरे जाकर बात करने लगे। कमरे के बाहर नीति ध्यान रख रही थी कि कहीं कोई हम लोगों इस तरह बात करते देख न ले और किसी तरह की गलत फहमी न हो जाए।

'हम सभी लोगों ने आपसे मांफी मांगना चाहते थे। उस हादसे के लिए खासतौर से भईया। उन्होंने सिर्फ इतना बताया कि आप बेगुनाह थे। लेकिन वो गलत हरकत किसने की थी, ये आज तक नहीं बताया। उस दिन के बाद से भाई कभी नहीं हंसे और न ही किसी से अपनी दोस्ती रखी। वो हमेशा कहते हैं कि वे अच्छे दोस्त साबित नहीं हुए। अपने बेगुनाह दोस्त को बचा नहीं सके।'

'हंशु... जो बीत चुका उसको याद दिलाने की जरूरत नहीं बस एक बात कि आप किसी को मेरे बारे में नहीं बतायेगी। लेकिन एक बात समझ में नहीं आ रही कि तुम यहां कैसे?'

'भईया... ये मेरे ससुराल के रिश्ते में हैं और नीति मेरी ननद है। हमारी जब इससे बात होती थी तो वह अपनी पढ़ाई को लेकर जिस तरह बात करती थी उससे में आपके बारे अंदाजा लगा चुकी थी पर मैंने उससे कभी नहीं कहा। इसलिए भी कि कहीं मैं गलत हुई तो नीति को क्या जवाब दूंगी। इसीलिए मैंने यहां आने की बात अपने पति से की और आपके सामने हूं।'

'कोई बात नहीं पर तुमने इन लोगों को कुछ बताया तो नहीं।'

'अभी तक तो नहीं भईया, लेकिन को कुछ बताया है कि आप कौन हैं? कहां से आये आये।'

'ये तुमने क्या किया। और हमारी वो बात तो नहीं बताई कि मेरे साथ क्या हुआ था वगैरा-वगैरा।'

'नहीं भईया, मैं इतनी पागल भी नहीं कि आपके विषय में वो बात बता दूं।'

मैं नीति को आवाज दी और उसे हिदायत दी कि वो किसी को कुछ नहीं बतायेगी। मैं वहां से चुपचाप निकल कर सीधे होटल आ गया। आंखें बंद थी...। न तो जगने का मन कर रहा था और न ही नींद आ रही थी। लेटे-लेटे करीब दो घंटे बीत चुके थे कि मैंने वार्डरोब से व्हिस्की निकाल कर दो पैग लगाये और सिगरेट जला ली। वैसे मैं स्मोकिंग कभी-कभी करता था जब ज्यादा डिप्रेशन में रहता था।

सिगरेट पीते-पीते उन धुंधली यादों में खो गया...

उस दिन दीपिका ने मुझे कोई डांट नही पिलाई बस देखती रही। मैं चलते-चलते उसके बहुत करीब आ गया और उसके सामने मिठाई का डिब्बा रखा तो अंजुम और शिवानी ने मुझे बधाई देते हुए मिठाई निकाल ली, लेकिन दीपिका सिर्फ देख रही थी जैसे वह पूछना चाह रही थी कि किस खुशी में मिठाई बांट रहा हूं तभी...। अजय-मुईन ने चिल्लाते हुए आवाज लगायी और सीए में टॉप करने पर ट्रीट मंगाने लगे तो मैंने कहा कि...

'यार मैंने पिक्चर की छः टिकटें ऑल रेडी ले रखी है। सब लोग चलते हैं।'

'सब लोग कौन और छः टिकट क्यों। हम तो सिर्फ तीन लोग ही हैं।' मुईन ने चैंकते हुए कहा। इसकी बात काटते हुए अजय ने कहा अरे बुद्धू हम-तुम और वो मतलब अंजुम-शिवानी भी तो साथ रहेंगी और इसी बहाने हम लोग कुछ देर साथ गुजार लेंगे।

'बट अजय.... तब भी तो इसके पास तो छः टिकट हैं। ये छठवां कौन है।' मैंने सबकी बात को बीच में कटाते हुए दीपिका की ओर देखा और कहा क्यों दीपिका भी तो है और उसे चलने के लिए कहा तो उसने न-नुकुर करना चालू कर दिया। लेकिन अंजुम और शिवानी के जोर देने पर हम सभी के साथ चलने को तैयार हो गयी। उसके साथ पहली बार घूमने जा रहा है। अंजुम-शिवानी दोनों अलग-अलग बाईक पर बैठ चुकी थीं। बची दीपिका उसको मजबूरी में मेरे साथ ही बैठना पड़ा। रास्ते में हम दोनों में कोई बात नहीं हुई। फिल्म के अंदर भी कुछ ऐसा ही हुआ कि उसे मेरे और अजय के बीच में बैठना पड़ा चूंकि शापित थोड़ी हॉरर मूवी थी। जब भी कोई हारर सीन आता तो वह मुझे पकड़ लेती एक बार उसने कुछ ऐसा पकड़ा कि मेरे हाथ काड़ चुभ गया लेकिन उसे पता नहीं चला। जब पिक्चर हॉल से बाहर निकले तो उसने में हाथों में रुमाल बंधा देखा तो उसे अहसास हुआ। इन तीन-चार घंटों में उसे शायद कुछ तो अहसास हुआ होगा। अब मुझे तीन-चार माह के अंदर इंस्टीट्यूट की ओर ट्रेनिंग के बैंगलोर जाना था। रही बात दीपिका की तो काफी हद तक इम्प्रेस हो चुकी थी लेकिन वो पहल नहीं करना चाहती थी। और मै.... मैं भी उसे यह नहीं बताना चाहता था कि उसके बिना नहीं रह सकता।

वैसे बीच-बीच में दीपिका की ओर से पॉजीटिव रिस्पॉस मिल जाता था। एक दिन शाम के समय मुझे किसी काम से बाजार आना पड़ा था। वापस लौटते समय दीपिका और उसकी छोटी बहन दिखाई पड़ी जो वहीं मार्केटिंग कर रही थीं तो मैं भी जानबूझ उन्हीं के आस-पास रहने लगा। दीपिका ने देखा तो वह समझ गयी थी, लेकिन उसकी बहन नहीं जानती थी। मुझे लगा कि वह भी मार्केटिंग के दौरान मेरे

साथ रहना चाहती थी इसलिए कभी इस दुकान तो कभी उस दुकान घूम रही थी। उसकी बहन इस हरकत से काफी परेशान हो चुकी थी और कहने लगी....

'दीदी मैं थक गई हुई और अब नहीं दौड़ सकती। मैं यहां बैठ जाती हूं। आप देख लीजिए, जो आपको लेना है।'

दीपिका और मैं यही चाहते थे कि कुछ देकर अकेले मिल सकें। हम दोनों ने ऐसी दुकान चुनी जहां भीड़ ज्यादा थी। अब हम दोनों ज्यादा बात न करके हाय-हल्लो, कैसे हो आदि पूछा। मैं उसे जाते-जाते अगल दिन का मिलने का वायदा लिया तो उसने हामी भर ली। रात के दस बज चुके थे वो और उसकी बहन चैराहे पर आटो का इंतजार करने लगी। चूंकि जो भी आटो आती वो पूरी तरह से भरी रहती थी, इस वजह से उन्हें देर हो रही थी। मैंने अपनी बाईक उनके पास ले जाकर रोकी और कहा 'आईए आपको छोड़ देता हूं।' इस तरह मैंने का तो उसकी छोटी बहन भड़क गयी, आप कौन हैं और इस तरह छोड़ने का मतलब। तपाक से दीपिका बोल पड़ी अरे ये हमारे कॉलेज के सीनियर हैं। और इनका नाम शेखर है। नाम सुनते ही वह शांत हो गयी और मैंने उन दोनों को ड्राप किया, लेकिन जाते-जाते एक चॉकलेट की चप लगा दी। शर्त ये थी कि ड्रॉप करने की बात किसी को नहीं बतायेगी।

दूसरे दिन हम एक रस्टोरेंट में बैठे थे। हम दोनों क्या बात करें कुछ समझ में नहीं आ रहा था, बस कभी कॉफी, चाउमीन, आईसक्रीम यही चल रहा था। हिम्मत करके उसे प्रोपज किया तो उसने सिर्फ इतना कि वो मुझे पसंद करती है और अच्छी दोस्त ही बन सकती है, पर अफेयर मिन्स प्रेमी-प्रेमिका की तरह ट्रीट नहीं करना चाहती। मैंने उसकी बात मान ली। अब हम अक्सर फोन पर, कॉलेज के बाहर मिल लेते थे, लेकिन सभी से बचकर। मुईन और अजय को मेरी मुलाकात का पता नहीं था। अब मुझे बैंगलोर जाना था। सो मैंने सबको मतलब है कि दीपिका, उसकी बहन के साथ अंजुम-शिवानी और मुईन-अजय, अपनी बहन गायत्री को एक छोटी पार्टी दी। उस समय सबको पता चला कि मैंने दीपिका को चाहता हूं और दीपिका मुझे चाहती है कि उसने स्वीकार किया सबके सामने....।

हम सभी लोग साथ खुश थे इससे ज्यादा खुशी तब हुई कि अजय की बहन की शादी तय हो चुकी थी और अगले माह की 14 तारीख मतलब 14 फरवरी को.... लेकिन मुझे 10 जनवरी तक टे्निंग के जाना था तो मैं चला गया। बैंगलौर से ठीक शादी के दिन आया रात भर की थकान थी तो मैं आते ही सो गया और शाम को गायत्री ने जगाया और कहा कि दीपिका भी आ रही जल्दी तैयार हो जाओ वो तुमसे मिलना चाहती है। मैं जल्दी से तैयार होकर बाहर निकला ही था कि मुईन ने आकर बताया कि उसके अम्मी की तबीयत खराब हो गयी है उन्हें हॉस्पिटल ले जाना है।

मैं मुईन के साथ चल पड़ा और अपने छोटे भाई को गाड़ी थमा दी। मैंने गायत्री को समझा दिया था कि दीपिका को किसी तरह कुछ समय के लिए रोके रखना जब तक मैं ना जाऊं।

इधर मईन की मां की तबीयत ज्यादा खराब होती जा रही थी। हॉस्पिटल पहुंचा तो पता चला कि उन्हें वायरल के साथ एनिमिया है इसीलिए उन्हें कोई दवाई फायदा नहीं कर रही थी उन्हें तुरन्त ब्लड चढ़ाना पड़ेगा। ईश्वर का शुक्रगुजार है कि उनका बल्डगुरप का ब्लड जल्द ही मिल गया सो दो-तीन घंटा लगा इन सब में। मैंने मुईन की अपनी मजबूरी बता कर वहां से निकलने लगा तो एक जूनियर डॉक्टर को वहीं जाना था जहां अजय की बहन की शादी थी लगभग आधा किलो मीटर आगे सो उसने मुझे लिफ्ट भी दी। मैं पैदल आगे बढ़ा ही था कि किसी की आवाज लगी जैसे कोई चिल्ला रहा हो...। मैंने एक बार उधर न जाने का फैसला किया लेकिन वो आवाज एक लड़की लगी जैसे किसी मुसीबत में हो तो मैं दौड़ कर उस तरफ भाग...।

पिन्टू भईया....। पिन्टू भईया...। मैंने आंख खोली तो सुबह के आठ बज चुके थे। सामने हंशिका और नीति थी। मैंने जैसे ही अपने पैरो को जमीन रखा तो व्हिस्की बोतल टकरा कर गिरी....। मैं काफी शर्मिंदा हो गया। नीति ने कहा भईया कोई शर्माने की कोई बात नहीं। जब नींद नहीं आती और लोग अपने पुरानी जिन्दगी से निकलना नहीं चाहते तो इसकी का सहारा लेते हैं। आप भी इसका सहारा ले रहे हैं। पर एक बात अच्छी है कि आपने आज तक जो भी किया है अपने लिये नहीं बस उस इंसान के लिए किया जो तुम्हारे सबसे ज्यादा करीब था। इतना कहते हंशिका रोने लगी। मैं उसे चुप कराने के लिए उठने को किया लेकिन शायद रात में इतनी पी ली थी कि उठ नहीं पाया और बिस्तर भी गिर गया। तभी हंशिका ने कहा कि भईया आपने अपने आपको इतना तन्हा कर लिया कि अब आपको किसी की जरूरत नहीं। तभी तो यहां चले आये। सबकुछ छोड़कर। मेरा सर दर्द कर रहा था क्योंकि मुझे पता नहीं कि मैंने कितनी पी रखी थी। बिना बोल मैं बाथरूम में जाकर शावर के नीचे बैठ गया, शायद एक घंटे बाद आया तो मेज पर नाश्ता रखा हुआ था और नीति के साथ हंशिका टेरिस पैर बैठ बातें कर रहीं थीं। मैं उनकी आवाजें साफ सुन सकता था, नीति से हंशिका कह रही थी कि उसने अपनी शादी में पिन्टू भईया को आखरी बार देखा था, तब जो किसी से जोर-जोर से बातें कर रहे थे। उनकी आवाज को सुनकर काफी भीड़ इक्ट्ठा हो चुकी थी, चूंकि हमारी शादी थी तो मुझे कुछ भी पता नहीं चला और जब मैं वापस मायके पहुंची तो अजय भईया ने पिन्टू भईया की कोई बात करने से मना कर दिया। मुझे आज तक नहीं पता चला

आखिर उस दिन क्या हुआ था...?

मैं उनकी बातों को सुन रहा था। मैंने नीचे पहुंच कर आवाज दी नीति चलो आओ रिशेप्शन की तैयारी करवानी है। मैंने रास्ते भर किसी बात नहीं की और न ही उन लोगों मुझसे बात की। सारा प्रोग्राम खत्म हो चुका था...। मैं होटल वापस आ चुका था...। हंशिका की बातें घर कर गयी कि अजय तो सारा सच जानता था तो उसने किसी को सच क्यों नहीं बताय। मम्मी-पापा ने भी उस समय दोषी करार देते हुए मेरी बात नहीं सुनी। क्यों.... क्योंकि मैंने बियर पी रखी थी...। उन सभी का मानना था कि जो भी हुआ है मैं जरूर नशे में किया होगा...। बेचारी वो जिसे मैं नहीं जानता था, उसने भी अंधेरा होने कारण साफ देख न सकी और मुझे दोषी करार दे दिया गया। मुझे किसी ने भी बोलने का मौका दिया गया...। अजय जो दूर खड़ा देख रहा था...। वहां पर मौजूद लोगों 100 नम्बर डायल कर पुलिस बुला ली थी। मां ने रोते हुए कहा कि इसे ले जाईये हमारी नजरों के सामने से...। मैं जैसे ही पुलिस की गाड़ी में बैठा तो सामने दीपिका खड़ी थी उसकी आंखों में कुछ अनजाने सवाल थे... जिसका मैं जवाब नहीं दे सकता था।

मैं सारी रात थाने में गुजारी...। मैंने सोचा कि रात के समय सब नाराज थे, सुबह होते ही मां-पापा मुझे मिलने आयेंगे और हमारी बात सुनेंगे पर ऐसा नहीं हुआ। सुबह-सुबह मीडिया वाले जरूर अपनी दुकान लगाने आ गये। मुझे ऐसे पेश किया जा रहा था... कि मैं कोई बहुत बड़ा आतंकी, बलात्कारी, देशद्रोही हूं। करीब 11 बजे मुझे कोर्ट में पेश किया गया। कुछ कागजों पर साईन करवायें और उस लड़की के परिवार वाले मौजूद थे। हमारा वहां कोई भी नहीं था... पुलिस वाले, वकील... और मीडिया के कुछ पत्रकार। कोर्ट में पेशी हुई मुझे जेल भेज दिया गया और अगले दो महीने बाद की तारीख दे दी गयी...। हमारी ओर कोई वकील न होने के कारण मुझे वकील की सुविधा दी गयी तो मैंने सिर्फ इतना कहा कि वकील हो या न, अब कोई फर्क नहीं पड़ता। जब घर वालों ने दोषी मान लिया हो तो आप भी हमारी सजा तय कर दीजिए। इस पर जज साहब कुछ नहीं बोले और अगली तारीख पर आने को कहा गया। चूंकि उस दिन कोई बड़ा आंदोलन था या फिर कोई रैली इसलिए दूसरे दिन समाचार पत्रों में सुखियों में नहीं।

अगले दो माह के बाद जब मैं पेशी पर आया तो मुझे एक चेहरा नजर आया जो काफी दूर से देखने की कोशिश कर रहा था। उसने अपने चेहरे को कवर कर रखा था, पर उसके हाथों में ब्रेसलेट से मैंने पहचान लिया था। मैंने इशारे में वहां से जाने को कह-कह रहा था कि तभी एक कांस्टेबल ने मेरा कॉलर पकड़े हुए कि 'क्यों बे किसे इशारे कर रहा है...। कहीं भागने का तो प्लान नहीं है। मैं हंस कर जवाब

दिया 'जब अपने घरवाले, दोस्त ने मेरी बात नहीं सुनी तो भाग कर कहां जाऊंगा।' मैंने पलट कर देखा तो वो जा चुकी थी, हां वो दीपिका ही थी। वह मुझसे जेल में मिलने कई बार आयी, लेकिन मैंने ही उससे मिलने मना कर दिया और सिर्फ एक चिट्ठी भिजवादी थी, जिसमें उससे न मिलने का कारण लिख दिया। मुझे सजा मिलनी ही थी। मैं शांत बैठा था...। जज साहब ने पूछा कि आपके घर वाले नहीं हैं। क्या वे जानते हैं कि आपको सजा हो रही है वो भी कितने सालों की। मैंने सिर्फ न में सर हिलाया। उन्होंने कहा क्या मैं उनसे बात करना चाहता हूं और सजा के बारे में इंफार्म करना चाहता हूं तो कोर्ट में सबके सामने फोन करने की इजाजत हैं। जिस पर मैंने मना कर दिया। मुझे दो वर्ष की सजा और पचास हजार रुपया जुर्माना सुना दिया गया... अगर मैं जुर्माना नहीं भरता हूं तो छः महीने की और सजा काटनी होगी। मैं चकित रह गया कि इतनी कम क्यों...। फिर गौर करके जज की पूरी बात सुनी कि मुझे केवल शक के आधार पर और लड़की के साथ रेप करने की कोशिश की थी...। इसीलिए शायद कोर्ट थोड़ा मेहरबान थी।

मैं जेल में सजा काटने लगा...। लेकिन मेरे जहन में एक बात बार-बार कौंध रही थी कि अजय मेरा साथ क्यों नहीं दिया और चुप रहा...। आखिर कौन सी ऐसी बात थी कि उसे रोक रही थी। एक दिन मुझसे मुईन मिलने आया। मैं न चाहते हुए उससे मिला... क्योंकि मुझे अजय की बात बतानी थी..। पहले मैं उससे मिला, मिलने के बाद मुझे लगातार शॉक पर शॉक मिला...। पहला तो यह कि दीपिका और अजय की खूब लड़ाई हुई है तुमको लेकर... कि उसने तुम्हारा साथ क्यों नहीं दिया। दूसरा दीपिका ने अपने घरों से अपनी शादी के लिए बिल्कुल मना कर दिया है। तीसरा वह तुम्हारा केस री-ओपन कराना चाहती है इसीलिए कुछ कागजात पर दस्तख्त लेने के लिए तुम्हारे पास उसे भेजा गया था। लेकिन मैंने मुईन को यह कह कर वापस भेज दिया कि उसे अपनी दोस्ती निभानी है इसे करने से मुझे कोई नहीं रोक सकता। मुईन मेरी जिद्द के आगे चुपचाप चला गया। जाते-जाते मैं उससे कहा कि एक बार मेरे घर जाकर किसी तरह सर्टिफिकेट वगैरा लाकर जेलर साहब को दे देना। अब मैं कभी किसी को परेशान करने नहीं आऊंगा।

रात को उस समय की घटना एक बार फिर मेरे जहन में उभर आई। मैं गाड़ी से उतरते ही एक बियर शॉप पर गया और जल्दी-जल्दी बियर खत्म कर चलने लगा। चूंकि रात के 10:30 बज चुके थे और होटल हाई-वे के बगल में ही था तो मेन सड़क से नीचे चला रहा था। मैंने दीपिका को फोन लगाया और बात करते हुए आगे बढ़ा ही थी लड़की की आवाज सुनाई दी। इस चक्कर में मैं फोन बंद करना भूल गया और उस खाली प्लाट की तरफ भागा...। शायद उस व्यक्ति ने मेरे कदमों

की आवाज सुनकर भागने की कोशिश की लेकिन इसी हड़बड़ाहट में वह पीछे के रास्ते से भाग और अपना वैलेट गिरा दिया था। मैंने झुक कर वैलेट उठाया और वो लड़की कौन थी, बस इतना जानना था मैं उस कमरे में दाखिल हुआ जहां से आवाज आई थी इससे पहले मैं कुछ कह पाता लड़की ने मेरे सर पर जोर से डंडा मैं अपना सर पकड़ कर रह गया। चूंकि ये सबकुछ अंधेरे में हुआ था तो उस लड़की ने भी मेरा चेहरा नहीं देखा था। लेकिन रोते हुए होटल की ओर भागी। मैं उसके पीछे-पीछे भाग, इससे पहले मैं कुछ कह पाता। उस लड़की ने बिना सच्चाई जाने इल्जाम मेरे ऊपर लगा दिया। देखते ही देखते भीड़ इक्ट्ठी हो चुकी थी और मेरी बात सुनने के बजाय सारी बातें उस लड़की सुनी जा रही थी। चूंकि उस लड़की ने अपना चेहरा ढंक रखा था और उसने मुझे देखे बगैर इतना ही कहा कि 'जो बाहर लड़का है उसने मेरी इज्जत....।' और रोना चालू हुआ तो जब कि पुलिस नहीं आ गई तब तक चालू था। मैंने किसी तरह इशारे में बुलाया था और उसे वह वैलेट पकड़ा दिया। अजय वैलेट देखकर चैंक गया और चुपचाप भीड़ के पीछे चला गया। दीपिका भी दूर खड़ी सब देख रही थी। मेरे इस हादसे की कानों सुनी गवाह थी, पर किसी से कुछ कहने की स्थिति में नहीं थी।

मेरे व्यवहार से सभी खुश थे इसलिए मेरी छः माह की सजा माफी हो गयी। जेल से निकल कर कई जगह पर नौकरी की तलाश करने के बाद जब जॉब नहीं मिली तो यहां होटल में नौकरी करने लगा था। लेकिन अब शायद यहां से भी मेरा दाना-पानी उठ चुका था, इसलिए मैं चुपचाप दूसरे दिन शहर छोड़ने का फैसला कर लिया। दूसरे दिन अच्छे से गुजारा और शाम को जब मैं अपना बैग पैक कर रहा था तो अचानक नीति आ गई। वह यह सब देखकर चैंक कर बोली

'भईया कहीं जा रहे हैं?'

'हां, नीति अब मैं यहां नहीं रह सकता।'

'भईया, हमसे कोई भूल हो गयी है। जो हम सभी को इस तरह छोड़कर जा रहे हैं।'

'नहीं, बेटा आपसे कोई भूल नहीं हुई है। लेकिन अब मैं यहां नहीं रह सकता क्योंकि पुरानी यादें मन कचोट रहीं हैं।'

'आप जब तक उससे बाहर नहीं निकलेंगे। तब तक वह आपका पीछा करती रहेगी। कहीं भी जाएगे, वो यादें तो आपके साथ ही रहेंगी। अगर वह साथ छोड़ देते या फिर आपकी जिन्दगी से निकल जायें। ऐसा कभी हो नहीं सकता। आप क्यों नहीं समझते कि आप खुद से भाग रहे हैं।'

मैं झुंझला चुका था और गुस्से में बोल पड़ा 'आप मुझे मत समझाइए। मैं आया भी अपनी मर्जी से था और जा भी अपनी ही मर्जी से। उस समय मैं न कुछ लाया था और न ले जा रहा हूं।'

'अब आपने मन बना ही लिया है तो क्या कर सकते हैं। जाईए... आप... लेकिन एक बात कि आप अपना नम्बर नहीं बदलेंगे और रोज मुझे फोन जरूर करेंगे। आप हमें बताइएगा कि आप कहां हैं परन्तु जिस दिन भी फोन नहीं आया तो दूसरे दिन कोई बड़ी खबर पा लेगे अपने फोन पर....। क्योंकि जब पुलिस मेरे फोन्स की कॉल डिटेल निकालेगी तो वह आपसे भी पूछेंगी।'

'ठीक है। फोन करता रहूंगा।'

'एक बात और मैंने आपके कुछ कागज कहीं सब्मिटी किये थे और वहां से ये कागज आया है, वहीं देने आई थी।'

'क्या तुमने मेरा बैग छुआ था। कब, कैसे और क्यों?'

'करीब 10-15 दिन पहले जब आपको मुझे पढ़ाने का समय नहीं मिल रहा था, तो मैं इस कमरे की सफाई कर रही थी तभी आपके डाक्यूमेंटस हाथ लगे और मैंने बाहर से बायोडॉटा बनवाकर उनको सेंड किया था।'

मैंने उस लिफाफे को खोला और देखने लगा। उसमें आफर लेटर था... मैंने उसे पूरा पढ़ा तो चैंक गया...। नीति से कहा कि 'ये जॉब मुझे कैसे मिलेगी। इसमें वर्क नॉलेज का कोई एक्सपीरियन्स नहीं और मेरा बैग्राउन्ड तो जेल का है। कोई रिफ्रेन्स के लिए भी तो होना चाहिए मिन्स सपोर्ट करने के लिए...।' ऐसा नहीं हो सकता। मेरी बात खत्म नहीं हो पाई थी कि पीछे से चाचा जी की आवाज सुनाई दी...।

'बेटा, आपने हम लोगों के लिए इतना सबकुछ किया तो क्या हम लोग कुछ नहीं कर सकते। बेटा हमको नीति ने जब पूरी बात बताई कि आप इतने पढ़े-लिखे हो और किन हालात के कारण यहां पर हो। आपका भविष्य इससे अच्छा होना चाहिए तो मैंने भी इसका साथ दिया और इस कम्पनी में बात करके आपका कागज भिजवा दिया था। आपको चिन्ता करने की कोई जरूरत नहीं और आप छुपकर नहीं सर उठा कर यहां से जाओगे...। क्यों नीति बेटा? हमने सही कहा ना।'

'हां..... पिता जी, आपने सही कहा और हमारा साथ दिया इसके लिए थैक्स..।'

'चाचा जी आप भी शामिल थे।'

'बेटा आपको जाना तो था, पर दुखी होकर नहीं। खुशी जाओगे तो हम लोगों को अच्छा लगेगा। क्या मैंने तुम में और जीतू कोई अंतर समझा है।'

'नहीं... चाचा जी... आप ऐसा क्यों कहते हैं। आप ने ही तो दो वक्त खाना दिया जब भूख से मर रहा था। आपने ही सहारा दिया और आज एक नई पहचान दे रहे हैं।' ये कहते हुए मेरी आंखे भर आईं। गला भी रुंधा से हो गया।

'बतमीज कहीं कहा। अब हम सबको रुलायेगा क्या? अब तो हंसने के दिन हैं। चलो परसों तुम्हें वहां पहुंचना है और ये लो कल शाम की टिकट... रिजर्वेशन कर दिया।'

'तो क्या? चाचा जी आपको मालूम था कि मेरी जॉब लग जाएगी।'

'बेटा... आपको मालूम है। एक बार कुछ लोग आये थे और उनका कुछ काम फंस गया था और आपने उनके लैपटॉप में कुछ किया था और उनका सारा काम पूरा हो गया था। वे लोग जब जाने लगे थे तो मैंने तुम्हारी जॉब के बारे में बात किया था.... लेकिन तुम्हारे कागज वगैराह के बारे में नहीं जानता। जब नीति ने तुम्हारी जॉब के लिए बात की तो मैंने वो सब उसी कम्पनी में भेज दिया और उन लोगों से बात की थी। इतना ही नहीं वहां से लिफफा भेजने से पहले ही तुम्हारी नौकरी के लिए मुझे बता दिया था। तभी तो तुम्हारे लिए कपड़े, जूते वगैरा की इंतजाम करने लगा... शादी का माहौल होने की वजह से कुछ बताने और समझाने का ध्यान भी न रहा।'

मैंने उन्हें देखता जा रहा था... कितना प्यार था। मैंने झुक कर उनके पैर छूए। इस पर उन्होंने अपनी सीने से लगाकर कहा बेटा। 'मुझे माफ करना...। तुम्हें पहचान ने में काफी देर कर दी।'

मैं चाचा लिपटे-लिपटे, नीति को भी गले लगा लिया। उस रात को सुकून से सो और सुबह उठकर होटल में जाने लगा तो चाचा ने रोक दिया और कहा...

'बेटा आपने बहुत काम किया है और आज आपको जाना भी है तो ये सबकुछ नहीं। सीधे घर जाओ। तुम्हारी चाची इंतजार कर रही हैं।'

चाचा जी बात सुनकर कोई समझ नहीं पाया कि मुझे कहां जाना है? क्यों जाना है?। मैंने भी उनकी बात को मानते हुए निकलने लगा तो कहा... 'बेटा, अपना सारा समान पैक करके यहां रख देना। ये लोग स्टेशन पर आ जाएगे। तुम घर से सीधे स्टेशन पहुंच जाना मैं भी पहुंच जाऊंगा।'

मैंने सभी से मिलकर चाचा जी के घर पहुंचा। चाची, नीति, जीतू कहने का मतलब सभी इंतजार कर रहे थे। मैं उन लोगों के साथ दिन भर रहा। शाम को जब मैं चलने लगा तो नीति लिपट कर रोने लगी और कहने लगी...। 'भईया... आप मेरी बातों का ध्यान रखिए। वो सिर्फ धमकी नहीं है। मैं करके दिखा दूंगी।' मैंने कान पकड़ते हुए कहा 'माफ करियेगा मैडम.... जी....। भूल कर भी नहीं भूलूंगा।

समझीं।'

वहां से आये हुए लगभग छः-सात महीने बीत चुके थे। मैं नीति और चाचा जी को फोन करना नहीं भूलता था। वो लोग भी दिन में एक-आध बार फोन करते थे। यहां पर मैं काम में ऐसा व्यस्त हुआ कि सबकुछ भूल गया था... कि मैं कौन हूं, कहां से आया, लगभग सभी कुछ। मेरा काम ही कुछ ऐसा था कि आईटी के साथ-साथ एकाउन्ट्स का भी काम देखता था चूंकि मुझे दोनों कामों का नॉलेज था तो सिर्फ सुपरविजन करता था लेकिन पिछले दो-तीन में हमारे यहां तैनात एकाउन्ट व लीगल एडवाइजर श्री शर्मा नौकरी छोड़ रहे थे। इसलिए मुझे नये रिक्यूटमेंट का काम सौंप दिया गया था सो मैंने रिसेप्शन पर कन्डीडेट की लिस्ट और डाक्यूमेंट्स एकत्रित करने के लिए कह दिया। अगले दिन रिक्यूटमेंट के लिए इंटरव्यूह चल रहा था। मैंने इसके लिए अपने सीनियर से बात कर ली थी कि इस इंटरव्यूह को शर्मा जी ही लें और मैं सिर्फ बाद में फाइनल कर लूंगा।

इंटरव्यूह पूरा हो चुका था, उसकी फाइनल रिपोर्ट सामने थी। मैंने सिर्फ लिस्ट के आधार पर शार्ट करने लगा। पूरी लिस्ट में से चार कंडीडेट ही सलेक्ट कर पाया तो चूंकि मेरे सामने उनकी मार्क लिस्ट थी, इसी आधार पर इंटरव्यूह लेने लगा। मुझे तीन लोगों में ही शायद कन्डीडेट मिल गया था इसलिए मैंने चैथे कन्डीडेट बुलाने की जरूरत नहीं समझी तो रिसेप्शन पर कहा कि 'तीनो कंडीडेट से कह दे कि उन्हें फोन करके बता दिया जाएगा।' जब रिसेप्शन ने उनको बताया तो चैथा कन्डीडेट भड़क गया कि उससे इंटरव्यूह नहीं लिया गया और बिना बताय इतनी देर रोक गया। और बात सही नहीं हैं। रिसेप्शन पर काफी हो-हल्ला हो रहा था और बात मुझ तक पहुंची तो मैंने भी उस कन्डीडेट से मिलने का मन बन लिया और महज फार्मेलटीज के लिए इंटरव्यूह के लिए बोला और कहा कि उसे अंदर भेज दें।

इसके बाद मैंने नाम देखा और थोड़ा चैंक गया। ऐसा नहीं था कि लिस्ट मेरे पास पहले से नहीं था, लेकिन मैंने उस नाम पर ध्यान ही नहीं दिया। मैंने अपनी चेयर उल्टी और घुमा ली और उसका अंदर आने का इंतजार करने लगा।

'मे आई कमिंग सर।' पांच साल बाद उसकी आवाज सुनकर मेरी खुशी का ठिकाना न रहा। मैंने एकदम से चेयर घुमा ली और उसे देखने लगा। इतना ही नहीं वह भी मुझे देखकर चैंक गया। उसकी और हमारी आंखों से आंसू बहने लगे। बिना कुछ बोले ही एक-दूसरे से शिकायत और माफी मांग रहे थे। मैं उसके करीब जाकर छूकर जानना चाहता था कि कहीं ये सपना तो नहीं। तभी प्यून आया और कॉफी रख गया, चूंकि काफी समय लग जाने के कारण इस कन्डीडेट ने लंच भी नहीं लिया, सो मैंने ही कॉफी के लिए बोल रखा था। मैं कुछ बोलता इससे पहले वह

उठकर जाने लगी तो मैंने रोका....।

'सुनो, रुको...। प्लीज....।'

'सॉरी सर। मुझे नहीं पता कि आप हैं? अगर मुझे पता होता तो मैं पहले ही यहां से चली जाती और आपको मेरी शक्ल देखनी न पड़ती।'

'दीपिका....। मुझे खुद नहीं पता था कि तुम वरना.....।'

'वरना क्या........? धक्के देर कर भगा देते या फिर किसी और को बैठकर चले जाते है ना...।'

'ऐसा नहीं है....। तुम मुझे गलत समझ रही हो। मैंने सपने में भी ऐसा नहीं चाहा।'

'अगर ऐसा नहीं था तो तुमने मुझसे मिलने के लिए मना क्यों किया और वहां से निकलने की किसी को खबर तक नहीं दी। जानते हो मैं कितना परेशान हुई। पर तुम्हें इससे क्या मतलब? तुम तो बन गये न महान।'

'मुझे महान बनने का कोई शौक नहीं था, लेकिन मेरी वजह से तीन घर बरबाद होने से बच गये। रही बात किसी को बताने की तो मैं निकलने के बाद सबसे मिलने की चाह थी कि आखरी बार मिलकर सबसे दूर चला जाऊंगा। लेकिन जब वहां पहुंचा तो गायत्री की सगाई हो रही थी। मेरी हालत है ऐसी थी कि घर के आस-पास लोग भी नहीं पहचान सके। सो मैं चुप-चाप वहां से चला आया। उस समय मुईन या तुम्हें फोन करने की हिम्मत न बची। मैं किसी शुभ काम में विघ्न नहीं चाहता था इसीलिए किसी से नहीं मिला।'

'तुमने सबकी सोची.... मेरे बारे में कभी सोचा... या फिर उस लड़की के बारे में... जिसके साथ वो हादसा हुआ था। जानते हो कि वह कौन थी...?'

'नहीं, मैंने नहीं सोचा। मैं उसके लगाये हुए इल्जाम से ज्यादा... अपने मां-पिता जी की बातों से सदमे में चला गया था। इसीलिए कुछ भी नहीं कहा और सुना।'

'तुम जानते हो। वो लड़की.... वो लड़की कोई और नहीं मेरी छोटी बहन दिपाली थी। इसलिए जब भी तुम्हारा नाम नफरत से लिया जाता था तो मुझे बहुत गुस्सा आता था। मैंने जिसे प्यार किया वो इतना अच्छा लेकिन किस के कारण उसने त्याग किया है। ये सब जानना चाहती थी।'

'व्हाट..... ये क्या कह रही हो, लेकिन जो केस चला वो तो किसी दीपा के नाम से था।'

'तुम सही कह रहे हो, दीपा नाम इसलिए डाला गया था कि वास्तविक नाम कोई नहीं जानता था और बदनामी के डर से जैसे कि तुम यहां पिन्टू नहीं शेखर

सिन्हा हो। वकील ने हम लोगों तुम्हारे सामने जाने के लिए मना कर दिया था क्योंकि तुम्हारे विरुद्ध काफी मजबूत केस बन चुका था सो वो कभी तुम्हारे सामने नहीं गई। उस दिन जब तुमने मुझे अदालत में देखा तो मैं यही बताने गई थी, पर उस दिन भी मुलाकात न कर सकी।'

'चलो जो हुआ, अच्छा हुआ... कि उसने मुझे कभी नहीं देखा वरना....।'

'वरना क्या....। तुम जानते हो न कि उस दिन कौन था दिपाली के पीछे।'

'नहीं...। मैं नहीं जानता। जानता हूं तो सिर्फ इतना कि मैं सजायाफ्ता मुजरिम हूं।'

'तुम मुजरिम तो हो.... लेकिन उसके लिए नहीं जो तुमने नहीं बल्कि उसके लिए जो तुम्हारे लिये आंखे बिछाये बैठा था। अजय, मुईन, दिपाली और तुम्हारे मम्मी-पापा...। जिस दिन तुम्हें रिहा होना था उस दिन मैं, अजय और मुईन के साथ तुम्हारे घर गई थी। चूंकि गायत्री की शादी हो चुकी थी सो केवल आपके मम्मी-पापा से मुलाकात हुई और उन्हें सारा सच बताया। आप कह रहे हो न कि तुम उसे नहीं जानते बल्कि सच्चाई तो यह है कि तुमने उस अपराधी को बचाया था। लेकिन भगवान ने उसे माफ नहीं किया एक रोड एक्सीडेंट में उसकी मौत हो गई। वो भी कोई दूसरा नहीं बल्कि अजय का छोटा भाई जय था।'

इतना कहते ही मैं चीख पड़ा। आवाज इतनी तेज थी कि बाहर से स्टाफ केबिन के अंदर आ गये और अंदर का नजारा देख कर चैंक पड़े। मैं अपने हाथ से सर को पकड़े बैठा हुआ था। दिमाग की सारी नसे फटी जा रही थी। मैं कुछ कहता इससे पहले दीपिका ये कहते हुए उठी। 'सॉरी सर.... मेरी वजह से आपको परेशानी हुई। मुझे माफ कर दीजिएगा।' मुझे उसे रोकने की हिम्मत न हुई। वो चली गई। आफिस बंद करने का समय हो चुका था। सारा स्टाफ जा चुका था...। प्यून ने आकर कहा 'सर चलना नहीं है। आठ बज गये हैं अगर काम हो तो बता दीजिए कुछ देर रुक जायेंगे।' चूंकि मैंने केबिन की लाइटें बंद कर रखी थी इसलिए मेरी आंखों के आंसू देख नहीं पाया था। मैं कहा नहीं चलते हैं बस वाशरूम हो कर आता हूं। मैं वाशरूम से बाहर निकला और उस लिस्ट के साथ अटैचमेंट में डाक्यूमेंटस में दीपिका का नम्बर नोट किया और बाहर निकल आया।

बाहर पहुंचकर दो-तीन बार दीपिका का नम्बर डॉयल किया। उसका फोन लगातार ईंगेज जा रहा था। इसी उलझन में मैं कब बियर बार पहुंचा गया और एक सांस में पूरी बोतल गटका गया। मैंने दूसरी बोतल फिर खोली थी कि दीपिका का कॉल बैक आया।

'हल्लो, कौन? आपके कई मिस कॉल पड़े हैं।'

'दीपिका... मैं हूं तुम्हारा पिन्टू।' मेरी आवाज सुनते ही बोलना बंद कर दिया। उसकी चुप्पी मुझे खाये जा रही थी।

थोड़ी देर रुकने के बाद बोली 'कहो, क्या कहना? अब तुम्हें।'

'तुम कहां हो, मुझे तुमसे मिलना है अभी।'

'मैं रेलवे स्टेशन पर हूं। गाड़ी का इंतजार कर रही हूं। बोलो क्यों मिलना चाहते हो मुझसे।'

'दीपिका... दीपिका... मैं तुम्हारे बिना नहीं रह सकता। प्लीज एक बार पूरी बात कहने का मौका तो दो।'

'अब क्या बचा हमारे-तुम्हारे बीच। तुम क्या जानते हो कि मैं विधवा हो चुकी हूं।'

'तुम झूठ बोल रही हो। मुईन ने मुझे बताया था कि तुमने शादी करने से मना कर दिया था।'

'हां, ये सच है कि मैंने शादी के मना किया था लेकिन तुम्हीं ने मुझे अकेला छोड़ दिया था। कब तक मैं तुम्हें अपना ढाल बनाती। सच्चाई तो यह कि हम में से किसी को तुम्हारे बारे नहीं मालूम था।'

'प्लीज... मेरी बात सुना मुझे तुमसे मिलना है और अभी। इसी समय।'

'देखो मेरी गाड़ी आने का समय हो रहा। बड़ी मुश्किल और उम्मीद से आयी थी कि मुझे जॉब मिल जायेगी। लेकिन यहां पर तो.....।'

'दीपिका...। सबकुछ ठीक हो जाएगा। बस एक बार मिलो तो सही। मैं स्टेशन के बाहर पहुंच रहा हूं। तुम बाहर मिलना।' ये कहते हुए टैक्सी रोकी और सीधे स्टेशन पहुंचा।

सुबह हुई। सामने मेरे कमरे में दीपिका बैठी हुई थी। मैं उसे स्टेशन से लेकर सीधे अपने रुम पर आ गया था। रात में मैं बात करने की हालत में नहीं था इसीलिए शायद दीपिका ने भी कोई बात नहीं की थी। मैं उठा... तो देखा कि वह मुझे निहारे जा रही थी।

'अरे... दीपिका। सॉरी कल रात में वो न..... हो गई।'

'मालूम है और उस दिन भी कुछ ऐसा न होता तो तुम्हारी बात सब लोग सुनते। पर मैं ऐसी नहीं हूं कि तुम्हारे होश में आने का इंतजार न करती। बोल क्या बात करना चाहते हो मुझसे।'

'दीपिका मैं गुनाहगार हूं तुम्हारा। अब तुमसे दूर नहीं रहना चाहता।'

'पिन्टू... अब मैं वो दीपिका नहीं हूं। तुम्हारे सामने एक ऐसी दीपिका खड़ी है जो पिछले छः महीने पहले अपने पति को खो चुकी है।'

'मुझे कोई फर्क नहीं पड़ता कि विधवा हो या फिर कुछ और.... बस मैं तुम्हे चाहता हूं। बहुत भाग चुका हूं। थक चुका हूं।'

मैं और कुछ बोलता इससे पहले मेरा मोबाइल बजा। मोबाइल पर नीति की फोटो के साथ नम्बर आ रहा था। दीपिका ने मोबाइल पकड़ाते हुए लो तुम्हारे चाहने वाले का फोन है। मैंने फोन लिया और

'हां, बेटा कैसी हो आप, सॉरी मैंने कल आपको फोन नहीं। मैं थोड़ा काम में फंस गया था।'

'जानती हूं भईया। आप हमें फोन करना नहीं भूलते... चलिए माफ करते हैं आपको लेकिन आगे से ऐसा नहीं होना चाहिए।'

'हां, बेटा आगे से ऐसा नहीं होगा और चाचा-चाची सब ठीक हैं न।'

'सब लोग ठीक हैं। भईया आप कुछ परेशान लग रहे हैं।'

'नहीं बेटा ऐसी कोई बात नहीं है। मैं परेशान नहीं हूं। बस काम की वहज से थका हूं और कुछ भी नहीं।'

दीपिका हम लोगों की बातें सुन रही थी। मेरे सारे एक्सप्रेशन को नोट कर रही थी। थोड़ी देर बाद फोन डिस्कनेक्ट हो गया। मैंने दीपिका से कहा थोड़ी देर रुको मैं फ्रेश हो लू फिर बात करता हूं। करीब एक घंटे बाद मैं बैठा हुआ था और मेरी मेट ने नाश्ता टेबल पर लगा दिया था। चूंकि पिछले छः-सात महीनों में उसने किसी को आते-जाते नहीं देखा था तो वह पूछ बैठी कि सर वो मैडम कौन हैं? मैंने उससे कहा 'वो हमारे बहुत अजीज हैं। आप इनका ख्याल रखिएगा।' नाश्ता करने के बाद मैं आफिस जाने लगा तो वह भी जाने की जिद्द करने लगी कि वह यहां रह कर क्या करेगी। मैंने कल सुबह तक रुकने की गुजारिश की और वहां से चला गया। आफिस पहुंचकर इंटरव्यूह वाली फाइल देखी। वे तीनों भी लगभग दीपिका के बराबर ही फिट थे। इन चारों में से किसी भी एक को वह जॉब दी जा सकती थी। पर दीपिका का चयन बिना सोचे-समझे करना पक्षपातपूर्ण लग रहा था तो मैंने शर्मा जी से बात की और उन तीनों के साथ-साथ दीपिका की प्रोफाइल पर वार्ता करने पर निष्कर्ष निकाला कि दीपिका को अगर एक मौका दिया जाए तो गलत न होगा वैसे भी एक सप्ताह की ट्रेनिंग के बाद ही कोई सारा काम समझ सकता था।

खाने की मेज पर दीपिका-मैं दोनो चुपचाप खाना खा रहे थे। बीच-बीच में वो कभी मुझको तो कभी मैं उसको देख लेता था। रात हो चली थी, दीपिका को सोने के लिए बेड रूम में जाने को कहा और मैं सोफे पर लेटे-लेटे मैं अपने मोबाइल में व्यस्त था। दूसरे दिन नाश्ता करते समय बोलने लगी कि

'मुझे जॉब की बहुत जरूरत है लेकिन आपके साथ, आपके आफिस में काम करना सही नहीं लग रहा है। वैसे भी परसों जो सीन क्रिएट हुआ है उससे आपकी और हमारी क्या इमेज रह गयी।'

'दीपिका... देखिए। पहली बात मैंने आपको नहीं बुलाया था दूसरी बात यह जॉब आपके बलबूते मिल रही है। तीसरी बात आप मुझे जानती हैं ये बात मैं या फिर तुम जानती हो। रही बात उस दिन की तो इंटरव्यूह में आपसे हुई बहस और नाराजगी समझ कर सभी लोग भूल चुके हैं। एक और बात आप मेरे साथ नहीं एक कम्पनी में जॉब करने जा रही हैं।'

'लेकिन... आप...? कैसे झेलेंगे।'

'इसमें झेलने की कौन सी बात है। मेरी जगह कोई और बॉस होता तो उससे भी क्या यही कहतीं। फिलहाल मैं वहां केवल सुपरविजन करता हूं। ज्यादातर मैं फैक्ट्री और साइट में रहता हूं शाम को ही आफिस में बैठता हूं या फिर महीने के शुरु और अन्तिम दिनों में मिन्स 26 से 5 तरीख तक ही दिन रहता हूं। अब भी आपको कोई दिक्कत है तो हमें बता दीजिए किसी और कन्डिडेट को देख लेते हैं।'

'नहीं.... मेरा मतलब ये नहीं था। लेकिन मेरे यहां रहने की व्यवस्था भी अभी नहीं है।'

'अच्छा... इस रूम में भी रहने में परेशानी है तो अगले महीने तक वो भी व्यवस्था हो जाएगी। अब आप तैयार हो जाईए। मैं आपको रोज आफिस से लगभग 100 मीटर पहले उतार दिया करूंगा और वापसी भी वैसे ही होगी। ठीक है।'

वह चुपचाप उठी और तैयार होकर वापस आई। उस दिन के बाद मेरी एक दिन चर्या बन चुकी थी। ऐसे लगभग दो महीना बीत गया। मैंने उसे अपने सामने वाली बिल्डिंग में ही कमरा दिला दिया। अब केवल साथ आती-जाती थी। यही नहीं मेरी और उसकी बात केवल आफिस के ही कामों को लेकर होती थी। कभी-कभी रास्ते में या फिर आफिस में उसके मम्मी-पापा का फोन आ जाता तो वह अलग जाकर बात कर लेती। उसकी भी जिन्दगी मेरी ही तरह बेजान हो चुकी थी। वह भी कभी-कभी काफी थक जाती थी। एक दिन मैंने उससे कहा कि आज छुट्टी के बाद फिल्म देखने चलेंगे। वह मुझे ऐसे देखने लगी जैसे पहली बार और कोई बेहूदा मजाक कर रहा हूं। मैंने पिछले लगभग एक साल से कोई छुट्टी नहीं ली थी और दो-तीन महीने से जब से दीपिका आई थी तो उसकी जिम्मेदारी भी थी। शाम को आफिस से निकलते ही वह वहीं मिली जहां पर रोज मिलते हैं। मैं पिक्चर हॉल के अंदर पहुंचा ही था कि याद आया कि मैंने नीति को फोन नहीं किया इसलिए दीपिका

को टिकट देते हुए कहा कि आप अंदर जायें मैं एक जरूरी फोन करके आता हूं। मैं फोन पर बात करके लौटा तो वो गेट पर ही खड़ी इंतजार कर रही थी। मैंने जब अंदर जाने की बात की तो उसने कहा अंधेरे में आप कहां ढूंढते। इस बात का जवाब देने के साथ उसका हाथ पकड़ कर आगे बढ़ते हुए सीट पर बैठ गये। इंटरवल तक उसने कोई बात नहीं की और मुझे पता भी नहीं था कि वो पिक्चर देखते-देखते सो गयी है। लाइट जलने पर मैं उसे सोता छोड़कर कुछ स्नैक्स और हॉट काफी लेकर पहुंचा और उसे जगाया। वह उठी और सॉरी कह काफी पकड़ ली। मैं कुछ भी नहीं कहा और पिक्चर खत्म होने के बाद एक होटल पहुंचे वहां पर उसे जो पसंद था, वो सब ऑर्डर दिया। लौटते समय उसने मुझसे पूछा आज कोई बात है जो इस तरफ पिक्चर देखा और बाहर खाना।' रात काफी हो गई थी। मैंने उससे सिर्फ इतना कहा कि 'कुछ नहीं बस आज की डेट काफी महत्वपूर्ण है मेरे लिए।'

मैंने उसे ड्राप करके अपने कमरे में आकर एक पैग बनाया और धीरे-धीरे पीने लगा। तभी दरवाजे पर दस्तक हुई। सामने दीपिका खड़ी थी और मेरे हाथ में पैग....।

'सॉरी गलत समय पर आ गयी।'

'कोई नहीं....। वैसे सॉरी मुझे बोलना चाहिए। आप सामने हैं और मेरे हाथों शराब। कितना बिगड़ गया हूं। एक बात और हैं अब मुझे कोई रोकने-टोकने वाला है नहीं। अकेला कमरा काटने को दौड़ता है तो नींद लाने के लिए एक-दौ पैग लगा कर सो जाता हूं। एक बार फिर सॉरी मैंने तुमसे पूछा ही नहीं कि किस काम से आयी हो या फिर कुछ खास बात है।'

'जानते हो। तुम आज क्यों अकेले हो। क्योंकि तुमने अपने लिए अकेली जिन्दगी चुनी है। जब भी तुम्हारे कोई करीब आना चाहता है तो तुम खुद उससे दूर चले जाते हो। मैंने जब तुमसे पूछा था कि कोई बात है आज तब तुमने कोई जवाब नहीं दिया। पर जब मैंने तरीख देखी और थोड़ा जो डाला तो याद आया कि आज के दिन पहली और आखिरी बार फिल्म देखने गये थे। हम सभी ने बाहर खाना भी गया था।'

उसकी बात सुनकर मेरे हाथ से गिलास गिरते-गिरते बचा। मैं सिर्फ उसे देख रहा था और बातें सुन रहा था। वह कहती जा रही थी।

'पिन्टू आज मुईन का फोन आया था। उसने मेरा हाल-चाल लिया और गलती से मैंने आपके ही साथ काम करने बता दिया तो वह मुझसे तुमसे बात कराने का कहने लगा। उस समय मीटिंग का बहाना बनाकर टाल दिया था और यही बताने आयी थी। अब मैं जा रही हूं।'

'रुको...। तुम्हें डर नहीं लगता मुझसे। कहीं मैं तुम्हारे साथ कोई गलत कर दिया तो?'

'तुम क्या कर चुके हो और क्या कर सकते हो इतना तो मैं जानती ही हूं। रही बात मुझे डरने की तो अब मुझे किसी बात का डर नहीं क्योंकि मैं सबके लिए मर चुकी हूं....। कोई भी नहीं है इस दुनिया में जिसे हम अपना कह सकते।'

इतना कह कर रोने लगी। मैंने उसे रोने से रोकना चाहा तो काफी जोर से चिल्ला पड़ी। मैं उसे जितना चुप करने की कोशिश करता वह उतनी ही तेज रोना चालू कर दिया। तो मैंने उसे जबर्दस्ती अपने गले से लगा कर चुप करने लगा तो वह मुझसे ऐसे चपक गयी जैसे कोई छोटा बच्चा चिपक जाता है। लगभग 15-20 मिनट बाद जब उसकी सिसकियां बंद हुईं तो उठ कर एक गिलास पानी दिया। उसने बिना देकर एक सांस में पानी खत्म करके जाने लगी। इस पर मैंने उसे रोका और कि रात के दो बज रहे हैं सुबह चली जाना वैसे भी कर संडे है। जाओ सो जाओ। वह रुम में गयी और सो गयी। मेरा सारा नशा तो खत्म हो चुका था सो मैंने बोतल उठाई और फिर एक पैग बनाकर पी गया। मेरे कानों में उसकी आवाज गूंज रही थी कि 'अब मुझे किसी बात का डर नहीं क्योंकि मैं सबके लिए मर चुकी हूं....। कोई भी नहीं है इस दुनिया में जिसे हम अपना कह सकते।' मैं सोचते-सोचते कब सो गया। पता ही नहीं चला। जब आंख खुली तो मेट हमारा रुम साफ कर रही थी और दीपिका अभी भी सो रही थी। मैंने मेट से कहा...

'सुनो आहिस्ते से काम करना। वो सो रही है।' मेरी बातों को सुनकर कहने लगी।

'साहब... एक बात पूछूं आप बुरा तो नहीं मानेंगे।'

'पूछा।'

'साहब जब आप इन मैडम को इतना चाहते हो तो बोल क्यों नहीं देते।' मैं उसकी बात को सुन कर सन्न रह गया।

'आपको को कैसे मालूम कि मैं इनको चाहता हूं।'

'साहब... मैं इतनी बच्ची तो हूं नहीं जो समझ न सकूं और पिछले एक साल से आप जिस तस्वीर को अपने सीने से लगाकर सोते हैं और जब सामने होती है तो उससे बात तक नहीं करते। तो..... ये प्यार नहीं तो और क्या है।'

'तुम नहीं सच्चाई नहीं जानती तभी कह रही हो। मैं उससे प्यार करता हूं और हमेशा करता रहूंगा, लेकिन वह मेरे लिए अब एक जिम्मेदारी है। उसकी जिन्दगी संवारनी है।'

'साहब आप जो भी कहें लेकिन एक बात फिर कहूंगी कि जितना आप उसे चाहते हैं उससे ज्यादा वो आपको चाहती है। दुनिया क्या कहती उससे उसको कोई फर्क नहीं पड़ता लेकिन कोई आपको क्या कहेंगे इसका फर्क जरूर पड़ेगा।'

'तुम ऐसा कैसे कह सकती हो।'

'साहब मैं आपके कमरे से सीधे मैडम के रूम पर जाती हूं। उस समय वह पूजा कर रही होती है। मैं उनको हमेशा आपकी खुशी और बुलंदियों के सिवाय कुछ मांगते हुए नहीं सुना। और एक बात आप लोगों की फोटो भी उनके बेड पर लगी है। जिसमें आप-मैडम के अलावा दो-तीन लोग हैं।'

मुझे उसकी बात से याद आया कि मेरे बैंगलोर जाने से पहले हम लोगों ने गुरप फोटो खिचवाये थे। उस फोटो को शेयर पर डाल दिया था और फेसबुक पर अपडेट भी कर लिया था। शायद ये वही फोटो होगी। मैं उसकी बातें सुनता रहा और अपना काम निपटाकर तैयार हो चुका था। मैंने अपनी मेट से कहा कि...

'तुम आज उनके कमरे की सफाई मत करना और यही रह कर इनका ध्यान रखना मैं अभी बाजार से आता हूं।' दीपिका के फोन से मैंने सबसे पहले मुईन का नम्बर लिया और रूम से निकल कर नम्बर डायल किया।

'हलो... कौन।' मुईन की आवाज कितने दिनों बाद सुनी थी।

'हां, हलो मैं मुईन... पिन्टू बोल रहा हूं।'

'पिन्टू.... कहां हो मेरे यार... कल से मैं परेशान हूं जब से सुना कि तुम और दीपिका एक साथ जॉब कर रहे हो तो मैं तुमसे मिलने के लिए बेकरार हूं। बता न यार कहां हो... और इतने सालों बाद...। उसकी आवाज भर्रा रही थी।

'मुईन मैं ज्यादा दूर तो नहीं बस यही छः-सात सौ किलोमीटर दूर हूं। एक बात मैंने तुमसे दीपिका के बारे में ही जानने के लिए फोन किया है। मुझे सब सच... सच...बताना।'

'हां, मेरे यार.... सब सच-सच बताऊंगा। इन फैक्ट मैं तुम्हें खुद ढूंढना चाहता था लेकिन तुम्हारा तो कुछ पता ही नहीं चला। जब से तुम यहां से गये हो और हम सबको सच्चाई पता चली है तब से सभी शर्मिन्दा हैं तुम्हारी मां और पिता जी में अफसोस कर रहे हैं। कहते हैं कि काश उस दिन तुम्हारी बात सुन ली होती तो ये सब न होता। अच्छा पूंछ... क्या है बात?'

'दीपिका की शादी हो चुकी है। क्या वो विधवा है?'

'दीपिका की शादी ये तुमसे किसने कहा? उसने तो शादी से इंकार कर दिया था लेकिन जबर्दस्ती शादी हो रही थी, लेकिन वह वहां से बिना बताये कहीं चली गई फिर उसकी बहन की शादी उसी लड़के से हो गई है। पर, इतना जरूर है कि अब

वह यहां कभी नहीं आयेगी। बेचारी ने बहुत दुख पाया है। मैंने तुम्हें बताया था कि वह तुम्हारा केस खुलवाना चाहती है तब भी उसके घर में बहुत हंगामा मचा था।'

'इसका मतलब उसकी शादी नहीं हुई। और वह विधवा भी नहीं है।'

'पागल है तू... जब शादी ही नहीं तो विधवा कैसे हो सकती है। और एक बात अब तुम उसका साथ कभी मत छोड़ना। बदनसीब और बहुत अकेली है। उसके माता-पिता भी उसे मरा हुआ मानते हैं कहते हैं कि जब बेटी उनकी इज्जत नहीं रखी तो हमारे लिए मर चुकी है।'

'मुईन उसे अकेला छोड़ना तो अब है ही नहीं। उसे इतना प्यार दूंगा कि वह सपनों में सोच नहीं सकती। अच्छा एक बात और अजय कैसा है? तुमने और अजय ने शादी की कि नहीं।'

'यार मैंने शादी कर ली और तू चाचा भी बन चुका है। अजय की बहन की शादी के समय में तो तू था ही। रही बात अजय की तो वह आज कल मुम्बई में है। उसका फोन साल-छः महीने में एक बार आ जाता है। उसकी भी शादी होने वाली है जब वह मुम्बई से आयेगा।'

'ठीक है यार... बाकी बातें मैं बाद में करूंगा। बाजार से कुछ नाश्ता लेने निकला था। दीपिका अभी सो रही थी इसीलिए उसे बिना बताये उसके लिए कुछ उसकी पसंद का ले जाने की सोच रहा था।'

'क्या.... तुम दोनों साथ में रहते भी हो।'

'नहीं यार... साथ में तो नहीं पर वो सामने ही रहती है। मतलब वो मेरे सामने की बिल्डिंग में रहती है। मैंने ही तो उसका इंटरव्यूह लिया था। वो मेरी कुलिग है।'

'अच्छा बेटा.... कबूतरों की जोड़ी गुटर-गूं कर रही है और मुझे अब बताया जा रहा है। देख मैं तुम्हारी खबर अंकल-आंटी को देता हूं। खुश हो जायेंगे वो लोग।'

'नहीं मुईन अभी तो बिलकुल नहीं। जब समय आयेगा तो मैं खुद वहां पहुंच जाऊंगा। और खुश-खबरी दूंगा। सुन ये मेरा ही नम्बर है। सेव कर लेना।'

'अबे गधे... ये भी कहने की बात है।'

'अच्छा एक बात और तुम अभी दीपिका से भी कोई बात नहीं करोगे।'

'ठीक है यार....। ओ.के. बाय।'

मैं समान खरीद कर घर आ चुका था। सुबह के दस बज चुके थे। दीपिका भी शायद उठने वाली होगी सोच कर नाश्ता टेबल पर रखकर उसे निहार रहा था। सोते हुए काफी मासूम लग रही थी। खासतौर से उसके चेहरे पर उड़ते हुए बाल, जो पंखे की हवा से उड़ रहे थे। जब उसके उठने में देर लग रही थी तो मैं थोड़ा सा परेशान हो गया कि आखिर क्या बात है वह अभी तक सो रही है। ये सोच कर उसे आवाज देते

हुए करीब गया। उसके पास पहुंचने पर उसे कांपते हुए पाया तो मैंने चैंककर उसके माथे को छुआ तो पता चला कि उसे बहुत तेज बुखार है। इतना तेज कि उसे भी कुछ होश नहीं था। मैंने दौड़ कर माथे पर गली पट्टी रखी और हाथ-पैरों को गीले पानी से रफ करने लगा। जब उसे थोड़ा सा होश आया तो मैंने उसे सहारा देकर वाशरूम तक ले गया और बाद में फिर बेड पर लेटाकर चाय और बिस्कुट दिया और कहा ये खा-पी लो अभी तुम्हें डॉक्टर के पास चलना है। वह मुंह बनाकर चाय पी और जब मेज पर समोस देखे तो कहने लगी...।

'समाने समोसा रखा है और तुम मुझे बिस्कुट खिला रहे हो। कितने बत्तमीज इंसान हो।'

'मैडम जी समोस... छोला-भट्टूरा और तो और तुम्हारी फेवरेट पेस्टी भी रखी है, बट तुम तो ठीक हो जाओ। फिर खा लेना।'

'अच्छा... तो मेरे बीमार होने का इंतजार कर रहे थे। मेरे बीमार होते ही ये सब ले आये। जो मुझे बेहद पसंद है। देखो मैं डॉक्टर के पास चलूंगी लेकिन पहले ये सब खालूंगी तब। वरना नहीं।'

'ठीक है... जैसा आप चाहें...। वैसे भी आपसे कोई नहीं जीत सकता।' मैंने बेड पर ही सारा समान लगा दिया। उसने सभी कुछ थोड़ा-थोड़ा और कहा...

'पिन्टू.... आपको आज तक याद हैं हमारी पसंद की चीजें?'

'हां....., याद हैं सभी कुछ।'

हम लोग डॉक्टर से दवा लेकर वापस आये। जब वह अपने कमरे में जाने की जिद्द करने लगी तो मैंने कहा कि 'जब तक ठीक नहीं हो जातीं तब तक आपको यहीं रहना पड़ेगा। क्योंकि मैं ज्यादा दौड़ नहीं पाऊंगा।' वह दो-तीन दिन तक मेरे रूम पर ही रही। उसको आफिस से छुट्टी भी दिला दी थी। वह दिन मेरे रूम से अपने रूम तक दो-तीन बार चक्कर लगाती और हमारे कमरे का पूरा हुलिया ही बदल दिया। अब वो बिलकुल ठीक हो चुकी थी... आफिस भी ज्वांइन कर लिया। इसी बीच मैंने एक सप्ताह के लिए छुट्टी के लिए एप्लीकेशन भेज दी। मेरी छुट्टी भी एप्रूब हो चुकी थी। सो मैंने दीपिका से कहा कि आप अपना ख्याल रखिएगा मैं एक सप्ताह की छुट्टी पर जा रहा हूं। मेरी छुट्टी के बारे में सुनते ही रोनी सी सूरत बना ली ओर शिकायती लहजे में कहने लगी...।

'मुझे अभी छुट्टी के लिए क्यों बता रहे हैं। जहां छुट्टी पर जाना चाहते हैं वहीं से फोन कर देते कि आप वहां हैं।'

मैं कुछ कहता इससे पहले ही अपने रूम पर चली गयी। अगले दिन पहले मैं चाचा के होटल पहुंचा और फिर सबसे मिलने के बाद वहां से जाने लगा तो... नीति

ने उसे रोक लिया। उसने ये कह कर रोक लिया कि 'भईया क्या आप हमारे लिए एक दिन भी नहीं रुक सकते।' तो मुझे वहां रुकना ही पड़ा। शाम को जब हम सब लोग बैठे बातें कर रहे थे कि दीपिका को फोन आया...। चूंकि मोबाइल मेज पर रखा हुआ था तो नीति ने मोबाइल उठाते समय उसने देख लिया कि किसका नम्बर है। उस समय वह कुछ नहीं बोली लेकिन रात में मैं जब छत पर टहल-टहल कर दीपिका से बातें कर रहा था तो वह मेरे पास आयी और धीरे से कहा 'ये वहीं दीपिका है न, भईया....।' मैंने भी इशारे में बता दिया। इतना सुनते ही वह मेरे गले लग गयी और मोबाइल पर बोल पड़ी

'भाभी जी नमस्ते..... आखिर आप भईया को मिल ही गयीं।' मैं उसकी बातों से बिलकुल चुप हो गया। सच ही तो मेरी जान सूख गयी।

'हलो... कौन बोल रहा है....।' नीति ने मेरे हाथों से मोबाइल ले लिया और बातें करने लगी।

'हलो... मैं नीति बोल रही हूं। पिन्टू भईया की शैतान बहन। आप हमें नहीं जानती लेकिन जितना भईया आप प्यार करती हैं शायद उसे थोड़ा सा कम हम भी चाहते हैं। हम जानते थे कि ईश्वर आप लोगों को जरूर मिलायेंगे। मेरा भाई कितना अकेला था... अब आप गयी हैं तो उसकी जिन्दगी में बहार आ ही जायेगी।' मैं जो चीज नहीं बताना चाहता था लेकिन नीति एक सांस में पूरी बात बता डाली और सुबह होने तक पूरे घर में चर्चा कर दी कि मुझे दीपिका मिल गयी है। अब क्या था मैं तो दोनों तरफ मुजरिम हो गया। एक को कुछ न बता कर और दूसरे के लिए छुपाने की कोशिश में। मैं सर झुकाएं कोने में खड़ा तो चाचा ने मेरे पास आकर एक बार फिर सीने से लगाते हुए कहा 'बेटा... आपने बहुत दुख उठाया है अब अच्छ दिन आ रहे हैं। उनका स्वागत करो।' इस पर मैंने चाचा जी पूरी बात बताई और अपने घर जाने के बारे में भी बताया...। इस पर काफी खुश हुए। उन्होंने कहा कि 'तुम अकेला नहीं जाओगे, वे-चाची और नीति भी साथ जायेंगे। वैसे भी हंशिका ने कई बार बुलाया है तो वहां भी घूम आयेंगे।'

करीब तीन साल बाद अपने शहर में आया। वही जानी-पहचानी सड़कें, शोर-गुल, मस्ती के दिन याद आने लगे। चाचा जी स्टेशन पर उतर कर किसी को फोन किया और थोड़ी ही देर में वह आया। चाचा जी ने सारा समान पकड़ते हुए गाड़ी की तरफ चलने का इशारा दिया। चाचा ने हमसे पता पूछा तो मैं बताया दिया। उन्होंने ड्राइवर से कहा कि समझ गये न कि हमें कहां जाना है। करीब आधे घंटे बाद अपने घर के सामने खड़ा था। डोर बेल बजाने की हिम्मत नहीं हो रही थी तो चाचा जी ने स्वयं डोर बजाई तो घर के लोगों के अलावा की जगह किसी और ने दरवाजा खोला

और पूछने लगा...

'किससे मिलना है आपको और कौन हैं आप?'

चाचा जी कुछ बोल पाते इससे पहले गायत्री पीछे-पीछे आ गयी। देखने कि कौन है जिससे बातें हो रही हैं। गायत्री ने चाचा-चाची, नीति को देखा और जी आप...? वो लोग कुछ कह पाते इससे पहले मैंने गायत्री को आवाज दी...

'गायत्री...। ये लोग हमारे साथ हैं।'

गायत्री मुझे देखकर जोर से आवाज लगाई।

'मम्मी...... पापा..... शिवम...... देखो पिन्टू भईया आये हैं...।' दौड़कर में मुझसे लिपट गई। इसी बीच मम्मी के साथ-साथ पापा और शिवम भी दौड़कर आये। मुझे सब पूछने लगे कि मैं कैसा हूं, वगैरा-वगैरा तो नीति ने सबको टोका... अंकल-आंटी पहले हम लोगों को अंदर तो बुलाईए...। फिर बताते हैं भईया कि वे कहां थे, क्यों थे और कैसे हैं? और हम लोग कौन हैं?

नीति की बातों को सुनकर सभी लोग शर्मिन्दा हो गये। मैं सबको देखता जा रहा था। इसी बीच मम्मी ने मुझसे कहा

'बेटा तुम तो किसी से बात ही नहीं कर रहे। चुप-चुप बैठे हो। क्या तुमने हम लोगों को माफ नहीं किया। बेटा हम लोग तो ये सोच कर सहम गये थे क्योंकि हमारे आगे भी बेटी है। दिल तो गवाही दे रहा था कि हमारा बेटा ऐसा नहीं कर सकता लेकिन वहां के हालात कुछ ऐसे थे कि....।'

'नहीं मां, ऐसी कोई बात नहीं है। मैं तो यहां पर एक-दो दिन के लिए आया हूं और फिर वापस चला जाऊंगा। आप लोग मेरी वजह से परेशान न हों। मैं यहां पर आप लोगों को अपनी शादी के बारे में बताने आया हूं और आप सभी को बुलाने आया हूं। मुझे लगा कि आप लोग मुझसे फोन पर बात भी न करते इसलिए मनाने आया हूं।'

'क्या भईया आप शादी करने जा रहे हैं, कौन है वो जो हमारी भाभी बनने जा रही है। उसकी फोटो भी लाये हैं।' गायत्री ने कहा।

'आप लोग उस लड़की को जानते हैं। और मिल भी चुके हैं। उसका नाम दीपिका है।'

'दीपिका... ये वही लड़की है जो तुम्हें रिहा होने वाले दिन आई थी और जो अपनी शादी के समय घर छोड़कर कहीं चली गयी थी।'

'हां, ये वही है और भगवान ने एक बार फिर हम दोनों को मिलवाया है। मैं उसी से शादी करने जा रहा हूं। आपको यह भी बता दूं इस समय वो मेरे साथ है।'

'क्या कह रहे हो बेटा... तुम कहो तो उससे अच्छी लड़की से शादी कर दूंगी। तुम उसको त्याग दो उससे शादी करोगे तो कितनी बदनामी होगी हमारी।'

'मैंने आप लोगों से पहले ही कह दिया कि मैं दो-तीन दिन के यहां आया हूं और अब मुझे कोई फर्क नहीं पड़ता कि कौन क्या कहेगा। मेरी बेगुनाही जाने बगैर सबने मेरा साथ छोड़ दिया था। यहां तक आप सबने भी हमारा साथ नहीं दिया।'

मेरी बात खत्म भी नहीं हो पायी थी कि पिता जी बीच में बोल उठे। 'आपने हमारी उस समय भी बात नहीं मानी थी जिसका भुगतान आज तक कर रहे हैं। आपको बर्बाद करने में आपकी मां ने कोई कसर नहीं छोड़ी। रही सही कसर आप ने और आपके आवारा दोस्तों ने पूरी कर दी। अगर मैं जज होता तो आपको वहीं गोली मारने का हुक्म दे देता।' उनका चेहरा गुस्से में तमतमा चुका था। मां हमारी ओर से बोलने लगी...।

'आप तो सच जान चुके हैं फिर भी उसी को दोषी करार दे रहे हैं।

'देखो..... मैं उसे नहीं उसकी हरकतों से दोषी करार दे रहा हूं। उस दिन अगर उसने दारू-शराब न पी होती तो। तो यह सब न होता...। वैसे तुम किस से शादी करते हो या नहीं हमें इससे कोई फर्क नहीं पड़ता। तुम एक-दो दिन की बात कर रहे हो हम तो तुम्हें एक घंटे के लिए बर्दाश्त नहीं कर सकते। जाना चाहो तो अभी जा सकते हो।'

'आप ऐसा क्यों बोल रहे हैं। इतने सालों बाद तो आया है। इसे तो जी भर कर देख भी नहीं पाई और आप इसे भगाने पर तुले हैं।'

मैं चुप-चाप खड़ा था। इसी बीच हमारी ओर से चाचा जी बोल पड़े।

'देखिए भाई साहब... आपका गुस्सा जायज है। गलती तो इसने की थी और शायद आज भी कर रहा हो आपकी नजर में। लेकिन एक बात जो मैंने नोट की कि आप लोगों अभी तक इतना नहीं पूछा कि बेटा इतने दिन कहां रहा, कैसे जिया...। जेल में रहते हुए आप लोग क्यों नहीं आये इससे मिलने इस बारे में भी अपनी सफाई तक नहीं दी। हमें ऐसे आपसे सवाल करने और कहने का हक नहीं फिर भी बोल दिया एक बार आपसे माफी भी मांगते हैं हम।' चाचा जी का जवाब सुन कर तो पापा झल्ला चुके थे और अपने गुस्से की सीमा को तोड़ते हुए बोलने लगे...।

'आप कौन है? क्यों आये हैं यहां? मैं नहीं जानता और न ही जानना चाहता हूं। कृपा करके आप इस हरामखोर की सिफारिश न करें तो अच्छा होगा। क्या किया इतने दिन में और कैसे रहा, इससे हमें कोई मतलब नहीं मेरी एक बेटी और एक ही बेटा है शिवम्। शेखर तो छः साल पहले ही मर चुका है। आप लोग देखना चाहते हैं कैसे? तो रुकिए।' वो अपने कमरे में गये। फिर कुछ कागज के साथ लौटे और

दिखाते हुए बोले 'देखिए......, मैंने अपनी सारी सम्पत्ति और बाकी हक अपने दोनों बच्चों के नाम कर दिया है। इतना ही नहीं मैं शेखर अपनी संतान के हक से बेदखल कर चुका हूं।' ये दोनों बातें मां को इतनी अघात हुईं कि वे बेहोश हो गईं। मैं जब उनके पास जाने को हुआ तो पिता जी मेरा हाथ पकड़ा और घर के बाहर निकाल दिया। इसके बाद उन्होंने चाचा-चाची और नीति से हाथ जोड़कर जाने के लिए कह दिया।

चाचा जी चुप हो गये थे लेकिन चाची जी को पहली बार बोलते हुए देखा

'भाई साहब हम लोग जा रहे हैं लेकिन एक बात जो आप नहीं जानते आपने अपने बेटे को नहीं अपनी किस्मत को बाहर फेंक रहे हैं। ये बेटा नहीं फरिश्ता है जिसने आप लोगों के साथ-साथ तीन परिवार को बचाने के लिए सबकुछ सहा है। इसने उस लड़की को नहीं बल्कि अपने प्यार को अपने पास रखा है। उस लड़की को जिसने उस समय भी इसका साथ नहीं छोड़ा और इसे बचाने के लिए अपने परिवार से लड़ पड़ी। इस लड़के ने अपने दोस्त के भाई को बचाया लेकिन भगवान की लेखनी तो देखो उस लड़को बचा तो लिया जान नहीं बचा सका। इस लड़के ने दो दिन बिना कुछ खाये पिये हमारे होटल में वेटर का काम किया, सिर्फ इस लिए क्योंकि इसे कोई जॉब नहीं मिल रही थी। इसने हमें कभी भी नहीं बताया कि ये इतना पढ़ा लिखा है। ये तो तब पता चला जब हंशिका ने हम सबको सारी सच्चाई बताई। एक और बात ये लड़का उस फैक्ट्री का ऐज ए मालिक की हैसियत से सुपरविजन करता है जिसकी फ्रंचाईजी का मार्केटिंग एक्जीक्यूटिव है आपका दामाद। आपके लोगों के नसीब में अपने इस लड़के की खुशी लिखी नहीं है तभी तो हमारी गोद में इसको भगवान ने दे दिया है। आप आयें चाहे न आयें हम लोग इसकी शादी करवायेंगे वो भी धूम धाम से.... समझे मिस्टर जो भी हो...।' चाची जी आप प्लीज शांत हो जाईए। मैं अपने गुस्से पर काबू पाते हुए बोला। चाची जी भी समझ चुकी थी कि मुझे अपने पिता की बेज्जइती बर्दाश्त नहीं हो रही थी।

वहां से हम सब वापस होटल आये। चाचा जी तो हंशिका के घर चले गये लेकिन मैं नहीं गया क्योंकि वहां मुझे सब पहचानते थे। शाम को मेरा मन नहीं लग रहा था तो मैंने मुईन को फोन लगाया और बताया कि 'मैं होटल में अकेला बैठा हूं क्या वो मुझसे मिलने आ सकता है।' करीब आधे घंटे बाद वो हमसे मिलने आया। चूंकि मेरा कमरा सबसे अलग था सो सारी लाईट ऑफ करके बैठा था। डोर बेल बजते ही उसे अंदर बैठकर लाईट ऑन की। मुझे शॉक तब लगा जब उसके साथ अंजुम थी। वहीं अंजुम जो मुईन की जान थी। मुईन कमरे में आते ही गले लगा और अंजुम भी हमसे सलाम करके सोफे पर बैठ गई मैं कॉफी का ऑडर दिया। मैं

बैठे मुईन को आज की सारी बातें बताई और ये भी बताया कि हम लोग दीपिका के घर गये थे और वहां पर इसी प्रकार जवाब मिला है। अब बताओ कि हम लोग क्या करें।

मुईन ने इत्मिनान से पूरी बातें सुनी और कहने लगा...

'भाई... आप परेशान न हों। मैं आपके साथ हूं और आप यहां पर आये तो मुझे खबर मिल चुकी थी। लेकिन कुछ काम में बिजी होने के कारण तुमको फोन नहीं कर सका।'

'तुम्हें किसने बताया कि मैं यहां हूं।'

'आपकी मम्मी ने। उन्होंने बताया कि तुम्हें पापा ने घर से अपमानित करके निकाल दिया है। इस समय तुम बहुत अकेले होगे। इसलिए जैसे भी हो मैं तुमसे एक बार बात जरूर कर लूं। साथ ही उन्होंने बाजार बुलाया जहां पर मैं उनसे मिला तो उन्होंने तुम्हें कुछ देने के लिए दिया था।'

'क्या मां ने तुम्हें फोन किया था।'

'हां, तुम्हारी मां ने ही नहीं। दीपिका के पापा का भी फोन आया था उन्होंने ये लिफाफा दिया है दीपिका के लिए।'

'क्या उन्होंने भी तुम्हें फोन किया।'

'हां... मेरे भाई आपकी मां और दीपिका के पापा चाहते हैं कि तुम दोनों एक हो जाओ।'

मुईन ने एक पैकेट भी थमाया जो मां ने दिया था। उसे खोलकर देखने लगा तो उसमें एक हार, एक जोड़ी कड़े और एक जोड़ी कान के बुन्दे थे। इन सबको देखकर आंखों में आंसू आ गये। तभी अंजुम बोली...

'भाई... आप इतने अच्छे हैं कि हर कोई आप और दीपिका एक साथ देखना चाहता है। जो नहीं चाहता वो सिर्फ अपने झूठे शान-ओ-शौकत और दिखावे के कारण ऐसा कर रहे हैं। दीखिएगा ये लोग भी बाद में आपका ही साथ देंगे। थोड़ा समय लगेगा।'

'अंजुम-मुईन आप लोग हमारे साथ हो, मां का आशीर्वाद और दीपिका के पापा का प्यार हमारे साथ है तो हमें किस चीज की कमी। लेकिन दिल में एक कसक जरूर है कि सब लोग जानकर भी हमारा साथ नहीं दे रहे हैं।'

'अरे भाई अब दुख के दिन गये। आपकी राह दीपिका देख रही है। जाइए जल्दी से और उन्हें आप अपना बना लें।'

हम सब लोग बातें कर ही रहे थे कि नीति मेरे कमरे में आयी। उसने मुईन और अंजुम को देखकर नमस्ते किया और बैठ गयी। मैंने सभी का परिचय करवाया

और मैंने नीति से वहां का हाल चाल पूछा। हम लोगों की बात चल ही रही थी दीपिका फोन आया...।

'हां... हलो। कहो क्या बात है। आफिस से आने कुछ देर हो गयी... तुम्हें?'

'नहीं... ऐसी बात नहीं है। आ तो मैं समय से गई थी लेकिन कुछ शॉपिंग करनी थी सो बाजार गयी थी।'

'इतनी रात को अकेले? वहां तुम्हारा कुछ जाना-समझा कम है तो ऐसे न निकला करो। ध्यान रखना।'

'मैं अकेले नहीं थी। वो आपके ऊपर वाले क्वाटर में जो भाभी जी रहती हैं मैं उनके साथ गयी थी। जाती भी न उनकी कार से जाना और आना था तो मैं चली गयी।'

'अच्छा जी...। आपने वहां पर दोस्त भी बना लिये।' थोड़ा सा मजाक किया।

'आप भी न...। मैं तो बता रही थी। अच्छा आप बताइए जिस काम से जहां गये हैं पूरा हो गया या नहीं और कब आओगे। रूम काटने को दौड़ता है।'

'देखो भाई.... मैं तीन-चार दिन से नहीं हूं तो रूम काटने को दौड़ता है वो भी मेरा...। जबकि आप अपने रूम पर रहती हैं और मैं अपने। तब नहीं काटता रूम।'

'ऐसी बात नहीं है। मैंने अपना रूम शिफ्ट कर लिया है।'

'क्या....? कहां रूम लिया है और अब मेरी आंखों के सामने नहीं रहोगी। फिर मुझे छोड़कर जा रही हो। अब तुम ऐसा नहीं कर सकतीं।' उसकी बातों सुनकर अचानक मेरे मुंह से बात निकल गयी।

'मैंने रूम छोड़ा है। पर कहां शिफ्ट किया ये तो अभी बताया ही नहीं।'

'कहां पर लिया है। मतलब है कहां पर शिफ्ट किया।'

'अब आपके रूम में शिफ्ट हो गयी हूं।'

'अच्छा मेरे जाते ही मेरे घर पर कब्जा कर लिया है।'

'क्या करती दिन भर आफिस फिर रात में खाली कमरा। ऊपर टीवी भी नहीं थी सो मैं तुम्हारे रूम में शिफ्ट हो गयी हूं। मैंने इसलिए बताया कि तुम्हें यहां आने पर शॉक न लगे। एक और बात मैंने कुछ तुम्हारे लिये खरीदा है थोड़ा सा कास्टली बट अच्छा लगा सो ले लिया।'

'अच्छा बाबा आने पर देख लूगा। लो... तुमसे कोई बात करना चाहता है।'

'कौन नीति... '

'नहीं भाई, तुम्हारी दोस्त। बात करोगी तो पता चला जाएगा।' मैंने अंजुम को फोन पकड़ा दिया।

'हल्लो... डियर दीपिका... कैसी हो...। मैं अंजुम।'

'हां... पहचाना, हल्लो मैं अच्छी हूं और आप लोग कैसे हैं। क्या पिन्टू वहां है।'

'नहीं हम लोग यहां घूमने आये थे तो पिन्टू भईया भी यहीं पर थे। तो हम लोग फोन पर बात करके मिलने आ गये। तुम बिना बताये कहां चली गई।'

हमने उन लोगों को बात करते हुए अकेला छोड़ दिया। जानता था कि वे दोनों काफी दिनों बाद बात कर रही हैं तो शिकवा गिला भी होगा। मैंने नीति से चाचा-चाची के बारे में पूछा। उसने बताया कि वे कमरे में हैं और कल हंशिका के ससुराल जायेंगे और परसों यहां से। उन्होंने कहलवाया है कि आप अगर वापस जाना चाहें तो चले जाइएगा। मैंने सबकी ओर देखते-समझते हुए उससे कुछ देर में बताने को कहा। दूसरे दिन चाचा के कमरे पर जाकर उसने मिलकर बात करने की सोची.....।

'चाचा जी मैं आज शाम को निकल जाऊंगा। आप लोग तो हंशिका के घर जा रहे हैं। मैं भी यहां अकेले रहते हुए बोर हो रहा हूं। वैसे सोच कर कुछ आया था और हो कुछ गया है।'

'बेटा आप जाना चाहते हो जाओ, लेकिन एक बात आप दीपिका को कुछ बताना यहां के बारे में। साथ ही कोर्ट में एक अर्जी दे देना, अपनी शादी की। अगले महीने शादी कर लो तुम लोग। हम लोग वहां पर आने की तैयारी कर रहे हैं।'

'चाचा जी शादी तो करनी है, लेकिन कुछ ये तो पता चले कि दीपिका क्या चाहती है। एक तरफ वो अपने आपको विधवा बोलती रहती है। मैं जब शादी के बारे में कहूंगा तो....?'

'रहेगा तू बेवकूफ का बेवकूफ। तू ऐसा नहीं कह सकता कि आज विधवा को भी दूसरी जिन्दगी जीने का पूरा अधिकार है। देखा जाए कि वो तुम उससे और वो तुमसे बेहद पसंद करते हो। आज तुम दोनों एक हो जाओ हम यही चाहते हैं। ठीक है तुम वहां पहुंच कर फोन करना।'

दूसरे दिन मैं सुबह अपने रूम पर पहुंचा तो देख कर वाकई में चैंक पड़ा। क्या ये वही रूम है जिसमें मैं रहता था। खिड़की और दरवाजों पर बेहतरीन पर्दे, फर्श पर कालीन, बेड पर बढ़िया सी चादर और तो और कुर्सियों पर कुशन। मेरे पास दूसरी चाबी थी तो अंदर चला आया था। दीपिका मुझे देखकर चैंक गयी और बोलने लगी...।

'आपको कम से कम ऐसे नहीं आना चाहिए। कम से कम हमें बता तो देते।'

'अरे भाई मुझे अपने ही रूम पर आने के लिए परमीशन की जरूरत पड़ेगी। मोहतरमा जी।'

'देखिए...। आपको मैंने पहले ही बता दिया था कि मैंने आपके रूम में शिफ्ट कर लिया है तो अगर घर में कोई लड़की महजूद हो तो पहले नॉक करते है या डोर

बेल बजाते हैं तब घर के अंदर इंटर करते हैं। समझे आप।'

'ठीक है मोहतरमा जी... आपकी एडवाईज सर आंखों पर। लेकिन आपने तो हमारे रूम का पूरा हुलिया भी बिगाड़ दिया।'

'अच्छा जी.... मैंने आपका रूम बिगाड़ दिया है। ये क्यों नहीं कहते कि अब आपका रूम देखने लायक हो गया। इससे पहले आपका रूम किसी चिड़िया घर से कम नहीं था। आपके कपड़े, बिस्तर, किताबें और तो और बेड देखा था आपने? पूरी तरह से तितर-पड़ा रहता था। वो तो बीच-बीच मैं आ जाती थी तो थोड़ा सही करने लगे थे आप।'

'आपका शुक्रिया मोहतरमा...। वैसे कितना खर्चा किया आपने? लगता पूरी छः महीने की सेलरी खर्च कर दी है।'

'जी नहीं। मैंने सबकुछ इंस्टालमेंट पर ली और थोड़ा-थोड़ा पैसे पे करना है। एक और बात अब आप ही गये हैं तो एक अलमीरा और मिक्सी भी खरीदना बाकी है।'

'ठीक है। मेरे आते ही आपने जाय पूछने की मुझे खरी-खोटी सुनानी चालू कर दी।'

'सॉरी.........। मैं तो भूल ही गयी। आप भी न...। गुस्सा दिला दिया.... एक तो करूं ऊपर से मेरी तारीफ करने के बजाए उल्टा ताने दे रहे थे। मैं भी क्या करती।'

'अब आप गुस्सा मत करें। मैंने मजाक किया था। सॉरी मेरी तरफ से भी।'

हम लोगों ने नाश्ता किया। दीपिका को आफिस जाना था सो चली गई और मेरी एक दिन की छुट्टी बाकी थी तो मैं घर पर ही रुक गया। दोपहर में बैठे-बैठे बॉस को फोन कर दिया और अपने विगत कुछ दिनों की घटनायें और अपनी मनोदशा पर चर्चा की। मैंने शाम को अच्छे बिताने का मन बनाया क्योंकि पिछले दो-तीन दिनों से काफी मन भारी हो गया था और वो सारी बातें भूल जाना चाहता था, जो बीता था...। पूरे कमरे को अच्छे से सजाया। ऐसा नहीं था कि दीपिका ने कमरे को सजाने में कोई कसर छोड़ी थी, लेकिन मैंने फ्रेश फूलों और कैंडिल से सजा दिया और डिनर भी बाहर से मंगाया था, जिसमें दोनों की पसंद शामिल थी। उसे सप्राईज देने के लिए कमरा बंद करके थोड़ी दूर टहलने चला गया या यूं कहे कि उसका रिएक्शन देखना चाहता था इसलिए छुप गया था। उसके आने के बाद मैं कमरे पर पहुंचा और डोर बेल बजाई।

'आप हैं। मैंने तो सोचा कि....।'

'क्या सोचा? आपने।' उसकी आंखों में आंखे डालकर बात पूछती तो वह शरमा गई।

'अरे... मैंने सोचा कि आप फिर कोई सप्राईज देने वाले हैं। सच कहूं तो मुझे सप्राईज पर सप्राईज मिल रहे हैं।'

'मतलब...?'

'आज न... हमारे पापा का फोन आया था। वो मेरा हाल चाल ले रहे थे। मैं शॉक्ड रह गयी फिर संभलते हुए बताया कि मैं कहां हूं, कैसी हूं।'

'आपने हमारे बारे में भी बताया या अंकल ने आपसे कुछ कहा...?'

'नहीं... मैंने उन्हें आपके बारे में नहीं बताया। कैसे और क्या बताती कि हम लोग किसी रिश्ते से साथ में हैं...।'

'अरे.... भाई मेरा मतलब है कि आप किसके साथ रह रही हैं या फिर आप विधवा हो जाने के बाद कैसी जिंदगी बिता रही हैं... वगैरा-वगैरा।'

'ऐसी कोई बात नहीं हुई। और आपने ये क्या लगा रहा है मैं कैसी रह रही हूं, ऐसी हूं, वैसी हूं। जैसी भी हूं ठीक हूं। समझे आप।'

'अच्छा जी...। आप तो गुस्सा हो गईं। चलिए हमें आप माफ कर दीजिए। ये लीजिए आपके लिए एक और सप्राईज।' पापा का दिया हुआ लिफाफा बढ़ाते हुए बोला।

'क्या है ये?'

'खोलकर देख लो।' उसमें एक छोटी सी चिट्ठी और कुछ बांड थे। उसको पढ़ने के बाद मुझे घूसे मारते हुए बोली...।

'आप हमारे घर गये थे और हमें बताया भी नहीं।'

'अरे... अरे... आप तो रोने लगी। भाई हम तो अपने घर गये थे वहां पर खुब खातिरदारी हुई। फिर सोचा आपके घर भी हो लूं। तो आपके पापा जी ने हमें ये थमा दिया। मैंने भी बिना कोई सवाल किये ले लिया और आपको दे दिया।' मैंने जानबूझ कर वहां की सच्चाई नहीं बताई वरना वो और रोने लगती।

'आप सबसे मिले।'

'जी हां, हम ही क्या नीति, चाचा-चाची भी उन सबसे मिल चुके हैं।'

'क्या वो भी गये थे आपके साथ।'

'जी हां।' तभी डोर बेल बजी और डलवरी ब्वाय पैकेट दे गया। उसे वाकई में सप्राइज पर सप्राइज मिल रहा था।

'आप मुझे इतनी खुशी मत दीजिए कि मेरा दम ही निकल जाए।'

'आपने सही कहा...। लेकिन आप से मरने से पहले मुझे मौत....।' उसने तुरन्त मुंह पर हाथ रख दिया। वो मेरे इतने करीब आ गई थी कि मैं संभल न सका और धम्म से सोफे पर गिर गया। वो ये देखकर हंसने लगी।

'आप इतने नाजुक हैं कि मेरा हाथ का स्पर्श भी सहन न हुआ।'

'सुनिए मोहतरमा। मैं आपके स्पर्श से नहीं बल्कि अपने चप्पल की वजह से गिर गया।' उसे टूटी हुई चप्पल दिखाने लगा। उसको देखकर जोर से हंसने लगी। आज उसे पहली बार इतना हंसते हुए देख रहा था। इन सबके बीच मैं उससे कहा जल्दी से पैकेट्स खोलो वरना खाने-पीने की चीजें खराब हो जायेगी। उसने सारा समान खोला...।

'अरे बाप रे... आपने तो चाट की पूरी दुकान मंगवा ली है, टिक्की, मटर, पानी-पूरी और आलू-धनिया। इन सबको खाने के बाद खा खाने की जगह नहीं बचेगी।'

'जनाब खाना तो 12 बजे के बाद है। तब तक तो ये सब हजम हो जायेगा।'

'क्या 12 बजे के बाद क्यों?'

'जी हां, क्योंकि कल मेरा जन्मदिन है और कल तो मैं बिजी हूं आफिस जाना है। इसीलिए आज ही ट्रीट दे देता हूं। वरना तुम मुझे फिर कंजूस कहोगी।'

धीरे-धीरे वो दिन आ गया जब हमारी शादी होनी थी। मैंने उसे थोड़ा सा सजने संवरने और किसी दोस्त की शादी में जाने की बात की तो वह कहने लगी शादी तो शाम को होती है। फिर भी किसी तरह उसे तैयार करके कोर्ट पहुंचा। वहां पर दीपिका के पापा और मेरी मम्मी के साथ, चाचा-चाची भी मौजूद थे। उन्हें देखते ही चैंक पड़ी और बोली....

'आप लोग और यहां।'

सब लोगों ने एक ही उत्तर दिया कि... हमें अपने बच्चों की शादी में आने से कौन रोक सकता है। फिर कोर्ट के अंदर जाकर फार्मेलिटिज पूरी की। हम लोग वहां से एक गेस्ट हाउस पहुंचे वहां पर नीति-जीतू और मुईन-अंजुम के साथ आफिस का पूरा स्टाफ महजूद था। ये सब देखकर दीपिका की आंखों में आंसू आ गये और रोने लगी। उसे रोता देख, मां बोली

'बेटी रोने के दिन खत्म हो गये है अब तो खुशियां तुम्हारी झोली में आने को तैयार हैं बस अपना आंचल फैलाओ।'

फंक्शन खत्म होने के बाद सभी लोग चले गये और चाचा-चाची, मां और दीपिका के पापा भी जाने को कहने लगे तो दीपिका के आंखें फिर भर आईं।

'पापा....। मैंने गलत तो नहीं किया था फिर आप लोगों ने हमें भुला दिया।'

'बेटा...। हम लोगों ने आपको भुलाया नहीं बस मजबूरी थी...। एक बात कहूं बेटा गलती तो आपने की थी घर से भागने की।'

'हां...। पापा मैं आखिर क्या करती। एक तरफ मेरा प्यार और दूसरी तरफ जिन्दगी भर की सजा।'

'चलो कोई बात नहीं अब एक नई जिन्दगी की शुरुआत अच्छे से करो। अंत भला तो सब भला। अब हम लोगों की दुआयें तुम्हारे साथ हैं। और अब तो तुम लोगों को प्यार, विश्वास और त्याग का सुखद् मिल चुका है।'

हम दोनों काफी खुश थे। फक्ंशन से निकल कर घर जा रहे थे। हमने अपने कमरे पर भी डेकोरेशन की तैयारी पहले से ही कर रही थी, जिसका जिम्मा मैंने अपने मेट और स्टाफ के प्यून को सौंप रखा था। घर पर भी तैयारी को देखकर आश्चर्य चकित रह गयी। हमें कपड़े बदलकर लेटने की तैयारी करने लगे तो दीपिका ने मेरे पैर छुए और कहा...

'अगर आप बुरा न माने तो यह रात कुछ दिन बाद मना सकते हैं। क्यों न अब पहले वाले दोस्त बन कर दिन गुजार लें।'

'ऐसा क्यों?'

'ऐसा इसलिए माई डियर हसबेंड क्योंकि हम लोगों ने अपने वो दिन तो दूर-दूर रह कर और दुखों में बिताये हैं और जब मिले तो साथ रह कर भी अलग-अलग। और अब जब साथ में हैं तो पति-पत्नी मतलब केवल जिम्मेदारी। मैं चाहती हूं कि अब हम कुछ दिन पुराने वाले दोस्त बनकर समय गुजारें।'

'अच्छा जी....। "तुम रूठे रहो मैं मनाता हूं तो जीने का और मजा आता है।" वाली बात कर रही हो।'

'मैं तो कह रही हूं। अगर आप और हम कुछ दिन पहले वाले बन जाये तो....।'

'बात तुम सही कह रही हो। "तू मुझे सुना, मैं तुम्हें सुनाऊं अपनी प्रेम कहानी। कैसी थी तुम, कैसे थे हम कैसी थी अपनी जिन्दगानी।" क्यों सही गाना है ना।'

'सच में... मैंने तो सपने में भी दोबारा मिलने की आस छोड़ दी थी और जिस दिन तुम्हारे आफिस में मिली थी। उस दिन तुम्हारी बाहों में सिमट कर बहुत रोना चाहती थी। एक तुम थे कि....। कोई फिलिंग्स ही नहीं थी मेरे लिए।'

'ऐसी बात नहीं थी, मेरी मोहतरमा। तुम्हें देखकर कितना खुश हुआ था, ये मैं ही जानता हूं लेकिन वहां का माहौल कुछ और था। लेकिन तुम भी तो मुझे कहने का मौका ही नहीं दिया और सीधे रेलवे स्टेशन पर जा पहुंचीं।'

'मैं रेलवे स्टेशन जरूर गयी थी लेकिन कोई टिकट वगैरा नहीं खरीदा। मैं पटरी पर लेट जाने की सोच रही थी कि तुम्हारा फोन आया और मैं टूट गयी "मैं टूट गई... टूट कर चूर हो गई... तेरी जिद्द मैं मजबूरी हो गई। तेरा जादू चल गया ओ जादूगर।"

'अच्छा जी.... मेरी टियून कॉपी कर रही हो। अच्छा एक बात बताओ तुमने मुझसे विधवा वाली बात मिन्स शादी हो जाने के बारे में क्यों कहा।'

'सच कहूं तो मैंने सोच समझ कर नहीं कहा था वो तो अचानक से मेरे मुंह से निकल गया था। फिर मैं सोच रही थी कि तुम ये सब सच न समझ बैठो। फिर मैंने विचार कर लिया था कि तुम जब वापस आओगे तो तुम्हें सप्राइज दूंगी लेकिन उसका उल्टा हुआ मेरे साथ।'

'एक बात कहूं तुमने विधवा होने का जब बताया था तो मैं चैंका नहीं था, क्योंकि तुम्हारी जगह कोई और होता तो शायद वह शादी कर चुका होता और मुझ जैसे इंसान के लिए अकेले जिन्दगी कैसे बिता सकता है। और जब मुझे लगा कि तुम अकेले हो तो तुम्हारा हाथ पकड़ने के लिए वो दो घंटे में फैसला कर चुका था।'

'मैं तुम एक सच्चाई कहना चाहती हूं।'

'क्या...?'

'यही कि मैं यहां कैसे आई और मुझे तुम्हारी खबर कहां से हुई।'

'क्या मतलब। तुम कहना चाहती हो तुम्हें मालूम था कि मैं वहां पर हूं।'

'हां...। मुझे हंशिका और अजय ने बताया था कि तुमसे कहां मिली और कैसे हो और फिर अब कहां हो। ये सब.....।'

'अच्छा... फिर।'

'फिर क्या... मैं अपना घर तो पहले ही छोड़ चुकी थी। सो मुझे सोचने के लिए एक-दो दिन लगा और फिर मैं यहां। वैसे तो मैं तुमसे मिलने आयी थी, लेकिन उसी दिन इंटरव्यूह होने के कारण मैंने भी किस्मत अजमाने की सोची। इसलिए आपकी इंटरव्यूह की पहली शीट में मेरा नाम नहीं था और जो नाम लिखा गया था उसमें पूरा नाम नहीं था।'

'ओह... तो ये बात थी।'

'हां, यही बात थी।'

'चलो जो भी होता है अच्छे के लिए होता है। और तुम जो कह रही कुछ दिन रुकने के लिए तो मैं तैयार हूं वैसे भी अब तुम भाग कहां जाओगी। जब भी रूठोगी तो हम कहेंगे कि "अजी हमसे रूठ कहां जाईएगा... जहां जाईएगा हमें पाईएगा।" समझ में आया आपको।'

'मैं तो समझ गई लेकिन आपने मुझे क्यों नहीं बताया था कि आप घर जा रहे हैं। अगर बता देती तो क्या हम रोक देते।'

'आप हमें रोकती न लेकिन आपके मन में घबराहट रहती और पांच-छः दिन जो अच्छे से गुजारे थे वो तुम्हारा खराब हो जाता। सही कहूं अब तुम्हारे आंखों में आंसू नहीं देख सकता।'

वो मेरे बिल्कुल करीब आ गयी और सीने से लगती हुई बोली

'आज से हम पुरानी बातों को भूल कर नई जिन्दगी की शुरुआत करेंगे। भूल कर भी मैं ऐसी गलती नहीं करूंगी जिससे आपको गुस्सा आये। बहुत नसीब से आपको पाया अब आपको खोना नहीं चाहती।'

'ठीक है। बट अभी सोना है। कल आफिस भी तो जाना है।'

'सोते तो रोज हैं क्यों आज सारी रात बात करते-करते गुजार लें।'

'वो बात सहीं है। हमारे हुजूर लेकिन अब रात गुजरने में समय ही कितना है सुबह के चार बज चुके हैं। घड़ी देखिए।'

'अरे... हां। समय का पता ही नहीं चला। एक बात और कहूं।'

'क्या...।'

'अब मुझे आफिस आने में शर्म आयेगी। सब लोग क्या कहेंगे।'

'कहेंगे क्या...। यही कि आपने हमें फंसा लिया....।'

'क्या.....। हमने आपको फंसा है या ....।'

'या ...... क्या?'

'चलिए हटिये.... आप भी न.... हमें तंग करने में नहीं चूकते।' सीने में प्यार से घूंसे मारते हुए बोली।

ऐसे ही हम लोगों के दिन गुजरने लगे। हमारी मां से और दीपिका के पापा से बीच-बीच में बातें हो जाती है। आफिस में भी किसने कोई आब्जेक्शन नहीं किया और हम दोनों जितनी देर आफिस में रहते थे तो एक कर्मचारी के हिसाब से रहते थे किसी को भी नाराज होने का मौका नहीं देते थे। एक दिन बॉस ने मीटिंग रखी और उसमें सभी डीलर्स को इंवाईट किया। चूंकि मुझे ऑफिस और साइट का सुपरविजन का काम देखना पड़ता था तो मैं तो उस मीटिंग में शामिल नहीं हुआ। बाकि बॉस के दीपिका और अन्य लोग मौजूद थे। शाम को हम जब खाना खा रहे थे तो दीपिका हमसे बोली कि

'आपको मालूम है कि दीक्षित एण्ड कम्पनी के सेल्स एक्जीक्यूटिव और मार्केटिंग मैनेजर ने क्या किया।'

'क्या किया? मुझे कैसे मालूम मीटिंग में तो आप लोग थे।'

'उन लोगों ने हमारे प्रमोशन वाले प्रोडक्ट को मार्केट में नकली एमआरपी स्टीकर लगाकर बेच रहे थे।'

'क्या....?' मेरा मुंह खुला का खुला रह गया।

'इतना ही नहीं उन्होंने पुराने प्रोडक्ट को रिप्लेस के नाम पर नये प्रोडक्टों को 10 प्रतिशत कमीशन पर दे रहे हैं।'

'तुम्हें कैसे पता चला।'

'ये तुम पूछ रहे हो। क्या तुम नहीं जानते कि हर शहर से प्रमोशन वाले प्रोडक्ट की डिमांड कम आ रही है जबकि वहां से रिप्लेस और प्रमोशन के नाम पर लगातार डिमांड बढ़ती जा रही थी। इस पर हमें शक हुआ हमने चुपचाप मीटिंग रखवायी थी और सभी शहरों में एक-एक अननोन व्यक्ति को हायर करके पूरी जांच कराई वो तीन दिनों में।'

'क्या बात कर रही हो। तुम तो एक अच्छी जासूस बन गयी हो। तुम्हें तो सीआईडी में होना चाहिए।'

'मजाक मत करो यार। वो लोग हमारी कम्पनी को चूना लगा रहे थे।'

'जानता हूं बाबा वो लोग चूना लगा रहे थे। अब क्या मुझे कत्था लगाने का है?'

'क्या मतलब है तुम्हारे?'

'अरे भाई चावल और सब्जी पास करोगी। तब तो खाना खा पाऊंगा वरना तो मुझे पान-चूना-कत्था से ही काम चलाना पड़ेगा।'

'सॉरी... सॉरी... सॉरी... मैं तो बातों में भूल ही गयी थी। वो ना चावल ठंडा हो जाता इसलिए मैं यहां नहीं लायी।'

'अच्छा। चलो जल्दी से खाना खत्म करो। मैं थक गया हूं और थक तो तुम भी गई होगी।'

'हां.....। थकान तो हो गई है। लेकिन अब मुझे सभी डीलरों की फाईल और एकाउन्ट चेक करना है। तुम सो जाना।'

'मोहतरमा जी........। आप जानती हैं कि अब आपके बगैर नींद नहीं आती।'

'चलो हटो.... बड़े आये नींद नहीं आती। कल तो बेटा जी ने हमारे कमरे में आने से पहले खर्राटे लेना शुरु कर चुके थे। अब हमें बहाने बता रहे हैं।'

'वो तो.... है ना कि हम सोच रहे थे कि हमारी मोहतरमा ने हमें कितना आलसी और बेकार कर दिया है। जो कभी पूरा खाना बनाता था आज वो अपने हाथ से एक कप चाय नहीं बना सकता।'

'अच्छा जाइए यहां से हमें काम करने दीजिए। ढेर सारा काम पड़ा यहां।'

'ठीक है मैं जाता हूं। अच्छा आपकी फाइलें कहां रखी हैं। देखूं तो जरा कि किसने कितनी गड़बड़ी की है।'

'आप क्या देखेंगे उसमें। अभी तक एकाउन्ट्स भी क्लियर नहीं है।'

'मैडम जी... शायद आप नहीं जानती कि हम सीए कर रखा है और आईटी के विशेषज्ञ हैं। कोई भी गड़बड़ी हो पकड़ लेते हैं। हां.... ये हो सकता है कि थोड़ा समय लग जाये। क्योंकि प्रैक्टिस के समय मैं तीर्थयात्रा (जेल) पर गया था।'

'ठीक है.... आप देखना चाहते हैं तो फाइलें छोटे टेबल की रैक में रखी है। पर्स के पीछे।'

मुझे फाइलें देखते हुए लगभग एक घंटा बीत चुका था। वो भी हमारे बगल में बैठ गई।

'क्यों कुछ समझ में आया। माई डियर सीए साहब।'

'समझ में तो आ रहा है और सभी डीलर का हिसाब क्लियर है, बट दो-तीन को छोड़कर सबने अपने सीधे एकाउन्ट डिटेल्स दे रखें है। बस यहीं पर लोचा लग रहा है।'

'क्या मतलब है? तुम्हारा।'

'देखो... इस रिपोर्ट और तुम्हारी फाइल के अनुसार ये सभी डीलर अपना एकाउन्ट क्लीयर कर चुके हैं और उन्होंने सारे पैसे का लेन-देन उनकी ही कम्पनी के एकाउन्ट और चेक के माध्यम से हुआ है। बाकी बचे ये 3-4 कम्पनी जिन्होंने अपना एकाउन्ट की जगह अपने एम्पालाई के नाम से कर रहे हैं और वो चेक/ ड्राफ्ट की जगह कैश वो भी सीधे जमा की जा रही है। इसी में हमें कुछ लोचा लग रहा है।'

'बात आप सही कह रहे हैं। मेरा ध्यान इस तरफ गया ही नहीं था। शायद इसी कारण हमारे प्रोडक्टों की सप्लाई/सेल और प्रोमोशन के पैसे की रिपोर्ट सही नहीं बन रही है। वैसे तो सभी एकाउन्ट क्लीयर नजर आ रही हैं बट कैश की डीटेल निकलवाने पर ही पकड़ में आयेगा ठीक-ठीक। लोचा कहां हैं और कौन कर रहा है।'

लगभग एक सप्ताह बाद हम लोग एक नतीजे पर पहुंच चुके थे। मैं, दीपिका, बॉस और कम्पनी के दूसरे लीगल एडवाइजर आमने-सामने बैठे मीटिंग कर रहे थे। दीपिका और बॉस के मुताबिक उन डीलर पर शिकंजा कसने की तैयारी कर रहे थे, लेकिन मैंने और एडवाइजर की राय में अपने एक-आधा कर्मचारी को उस कम्पनी में जासूस बन कर काम करने के लिए भेजा जाए और सारी रिपोर्ट्स आने पर ही कोई एक्शन लिया जाए। फिलहाल अभी हम लोग हल निकाल नहीं पाये थे कि मां का फोन आ गया अचानक...। मैंने मीटिंग में बैठे सभी लोगों से सॉरी कहते हुए मां का फोन रिसीव किया....

'हलो, मां... आपने अचानक फोन किया। कोई बात तो नहीं, सब लोग ठीक हैं न।'

'बेटा यहां पर तो ठीक है...। पर गायत्री के हसबेंड के साथ जरूर कुछ बुरा होने वाला है।'

'क्या मतलब। बेटा वो ना, जहां पर जॉब करता है वहां पर कुछ दिनों से सही नहीं चल रहा है। गायत्री अक्सर रो-रो कर बताती है कि सौरभ (गायत्री का पति) सुबह 6 बजे तो कभी 7 बजे निकल जाता है और देर रात में आता है। वो गायत्री से बात भी नहीं करता और कभी-कभी परेशान होकर चिल्ला कर कहने लगता है कि उसे आत्महत्या के सिवाय कोई और चरा नहीं बचा है। कम्पनी वालों ने फंसा दिया है पूरी तरह से।'

'अच्छा...। ये कब से हो रहा है। आई मीन की, ऐसा कब कहा है गायत्री ने।'

'बेटा...। यही कोई 10-15 दिन से।'

'अच्छा एक और बात वो किस कम्पनी में काम करता है।'

'बेटा ये पता नहीं। लेकिन किसी कम्पनी के समानों का प्रामोशन करता है और मार्केटिंग करता है।'

'आपने क्या नाम बताया...। सौरभ है ना।'

'हां बेटा...।'

'ठीक है। मां...। मैं देखता हूं कि क्या कर सकता हूं। अगर हो सकेगा तो मैं उसे अपनी कम्पनी में ही जॉब दिला दूंगा। लेकिन आप किसी से नहीं कहोगी।'

मैं फोन बंद करके वापस मीटिंग में पहुंचा तो मेरे कानों दीपिका की आवाज गूंजने लगी कि....

'सर...। इस मार्केटिंग के बंदे का एकाउन्ट देखिए कि हर वीक लगभग 2 लाख का ट्रांजक्शन दिखायी पड़ रहा है। इतना ही नहीं सारे आर्डर/प्रमोशन और मार्केट की रिपोर्ट भी इसी के मेल से आ रही है। वहां के सीनियर मैनेजर और एकाउन्टेन्ट की कोई रिपोर्ट नहीं है। लगता है कि सारा काम यही देखता हो। और एक खास बात यहीं पर प्रमोशन के नाम पर प्रोडक्ट को बेचा जा रहा है।'

'मेरे मुंह से अचानक निकल पड़ा कहीं इस उसका नाम सौरभ तो नहीं है।'

'हां...। उसका नाम सौरभ ही है तुम्हें उसका नाम कैसे मालूम।' दीपिका ने चैंकते हुए बोला।

मुझे होश आया तो मैंने कहा 'नहीं मुझे मालूम तो नहीं था। लेकिन अभी एक खबर मिली है जिससे अनुमान लगाया।'

'ऐसी बात तो नहीं है। शेखर कि तुम किसी का नाम ऐसे ही ले लो। कोई खास बात पता चली है, तभी तुमने वो नाम लिया है।'

'सर...। वो नाम तो मेरे मुंह से ऐसे ही निकला था लेकिन इसी तरह की घटना में हमारी बहन का पति सौरभ फंस गया है और वो बहन से कह रहा है कि उसे फंसा दिया गया है। उसके पास आत्महत्या के सिवा कोई और चारा नहीं है।'

'आप किस जगह की बात कर रहे हैं और उसका डीलर कौन है।'

'सर मुझे नहीं मालूम लेकिन मैं कानपुर की बात कर रहा हूं। जहां पर उनके साथ ऐसा कुछ हो रहा है।' मैंने दीपिका और एडवाइजर साहब को देखते हुए बोला।

तपाक से दीपिका बोल पड़ी... 'सर आप जानते हैं? कानपुर, उन्नाव और कानपुर-देहात के आस-पास की रिपोर्ट पर किसी सौरभ का ही जिक्र है और वहीं पर सबसे ज्यादा गड़बड़ी हो रही है और शेखर जी आपने ही मुझे वो रिपोर्ट दिखाई थी जिसमें आपने इंडीकेट किया था कि यहां पर ही बिना डीलर के नाम का एकाउन्ट मिन्स मार्केटिंग का बंदा काम कर रहा है।'

'हां... याद आया। एक और बात याद है कि मैं इस तरह के तीन-जगह पर हो रहा है वो सारा का सारा डीलिंग दीक्षित एण्ड कम्पनी के मार्केटिंग के बंदो द्वारा किया जा रहा है। अब देखना ये है कि वो तीन-चार जगहों पर दीक्षित एण्ड कम्पनी ही है कोई और नहीं।'

बीच में एडवाइजर साहब बोल पड़े 'शेखर और दीपिका जी आपने लगभग सारा का सारा मैटर पहले से ही सुलझा रखा है तो ये मीटिंग किस बात की। जाइए और गर्दन दबोच लीजिए उन बंदों का...।'

मैं कुछ कहता इससे पहले हमारे बॉस बड़ी शांत मुद्रा को तोड़ते हुए बोले 'वकील साहब.... आपका कहना सही है कि इन दोनों ने मैटर सुलटा दिया है लेकिन बड़ी बात ये है कि हम डायरेक्टर ऐसा करते हैं तो शायद उन बंदों का कसूर न होते हुए भी बेचारे फंस जाएगे या फिर ऐसा भी हो सकता है कि एक पकड़ा गया तो दूसरा भाग खड़ा होगा। क्यों न ऐसा करें कि किसी को हायर करके जैसा कि आप लोगों ने पहले कहा था कि जासूस भेजकर सारे मामले का सच पता किया जाए।'

हम लोगों ने उनकी बात का समर्थन किया और प्लान के हिसाब से अपने काम को अंजाम दिया। लगभग इसमें एक महीना लग गया। दूध का दूध और पानी का पानी हो गया। दीक्षित एण्ड कम्पनी को हमने नीलाम करवा दिया लेकिन इन सारे कामों के बीच सौरभ को छः महीने की सजा भी हुई। इस बात को लेकर मेरा और दीपिका से हमारे पिता-बहन से काफी बहस भी हुई....। बात उस दिन की है जब हम सारे सबूतों के साथ कोर्ट पहुंचना था...। चूंकि एडवाइजर साहब को आना था तो वो उस दिन फ्री नहीं थे सो मुझे दीपिका के साथ आना पड़ा। पिता और बहन ने मुझे देखा तो देखकर अनदेखा कर दिया... लेकिन उन्हें यह नहीं मालूम था कि सौरभ का केस हमसे ही जुड़ा है।

कोर्ट ने जब सारे सबूत हमारी कम्पनी के पक्ष में पाये और सौरभ द्वारा दीक्षित एण्ड कम्पनी के मालिक (डीलर) का पूरी तरह साथ दिये जाने और

प्रमोशन के प्रोडक्ट को बेचने के मामले में भी दोषी पाये गये तो मालिक के साथ-साथ उन्हें सौरभ को भी सजा सुनाई गई। जब हम वापस लौटने लगे तो पिता जी हमारे पास आये और मुझे झापड़ मारते हुए कहा...।

'निकाल ली न तुमने अपनी भड़ास। बहन को खुश नहीं देख सकते थे। जैसे तुमने मुझे नीचा दिखाने की कसम खा ली है।' मैं कुछ कहता इससे पहले ही.... गायत्री पूरी तरह बरस पड़ी।

'भईया...। आप चाहते तो उनको बचा सकते थे लेकिन आपने पूरा बदला ले लिया...। पिता जी ने जब आपको घर निकाला तो हमने नहीं रोका पिता जी का साथ उसी का बदला लिया है। आपसे हमारी खुशी नहीं देखी गयी। और ये आपकी पत्नी मिसेज दीपिका शेखर ने इस काम में आपका पूरा साथ दिया। क्या बात है? एक भाई अपनी बहन का घर बसाना चाहता है लेकिन आपने तो उजाड़ने में कोई कसर नहीं छोड़ी।'

दीपिका कुछ बोलने वाली थी कि मैंने उन्हें इशारा देकर रोक दिया। मैं अपना अपमान सहन कर सकता था लेकिन दीपिका को कोई कुछ कहे ये बर्दाश्त नहीं कर सकता था वो भी बिना किसी गलती के। लगभग 15-20 मिनट हंगामा चला जब तक सौरभ जेल नहीं चला गया। हम लोग घर आ चुके गये। पूरा मूड खराब था...।

'आज भी आफिस जाने का मूड नहीं है।' दीपिका ने पूछा तो मैं झल्ला गया क्योंकि मुझे पिछले दो-तीन दिन से या यूं कहो कि सौरभ को सजा होने से ज्यादा चिंतित था।

'क्या कहना चाहती हो। आफिस जाने को जी चाह रहा लेकिन हमारी ही बहन का पति जब उस केस से जुड़ा है और उसे सजा हो गई है तो मूड कैसा होगा। तुम समझ सकती हो। ऊपर से जल पर नमक छिड़क रही हो।'

'देखिए आप मुझ पर मत ही बरसें। जिसने जो किया था तो उसको सजा मिलेगी ही।'

'क्या मतलब है? मैंने भी गुनाह किया था तभी तो मुझे सजा मिली थी। यही कहना चाहती हो।'

'आप हर बात को अपने-आपसे क्यों जोड़ लेते हैं। आपके केस में आपको किसी ने फंसाया नहीं था और कुछ हालात और कहीं हद तक आप खुद जिम्मेदार थे। फिलहाल मैं बहस में नहीं पड़ना चाहती। लंच रखा है खा लीजिएगा।' दीपिका तैयार होते हुए बोली।

मैं चुप चाप बैठा रहा। दोपहर में आफिस से फोन आया तो मैं थोड़ी देर के लिए आफिस फिर साइट होते हुए वापस आ गया। वहां पर भी किसी से भी ज्यादा बात

नहीं की। शाम को दीपिका पूछने लगी कि 'आप आफिसर आये और कब चले गये किसी को पता भी नहीं चला।'

'क्यों मैं ढिंढोरा पिटवाता कि लो मैं आफिस आया हूं।'

'क्या यार...। आप तो बिना बात के नाराज हो जा रहे हो। आपने ही तो कहा था कि हम कभी लड़ेंगे नहीं और किसी से नाराज नहीं होंगे। अब क्या हुआ।' उसकी बातें सुई की तरह चुभ रही थी। इसलिए मैं वहां से निकल कर बाहर टेरिस पर चला आया। रात में जब सोने की तैयारी कर रहा था तो दीपिका ने कहा कि....

'अगर आप नाराज न हो तो एक बात कहूं।' मैंने कोई प्रतिक्रिया नहीं दी। तो बोलना शुरु किया।

'वो न... पापा का फोन आया है कि वो हम लोगों से मिलना चाहते हैं तो आपसे बिना पूंछे उन्हें आने को बोल दिया।'

'कोई बात नहीं आपने बोल दिया है तो इसमें मेरे नाराज होने का कोई मतलब नहीं। हमको आप बता दीजिएगा कि घर में नाश्ता वगैरा है या नहीं। और कुछ समान लाना हो तो भी बता देना लेता आऊंगा या फिर साथ चलकर ले लेना।'

'घर में सभी कुछ है बस मिठाई ही लानी होगी।'

'कब आ रहे हैं आपके पापा?'

'ये नहीं बताया था, पर इतना जरूर है कि जब भी वो आएगे तो स्टेशन से फोन कर देंगे। तो हम उन्हें पिक कर लेंगे।'

'ठीक है।'

पापा के साथ उनकी मां और बहन-बहनोई को देखकर मैं क्या, दीपिका भी अचम्भित हो गये। चूंकि हमारा रूम इतना बड़ा नहीं था फिर सभी को घर पर रुकना तो था ही इसलिए मैंने मन बनाया कि दो-दिन रात आफिस के गेस्ट रूम में ही रुक जाऊं। इस पर दीपिका मां का कुछ और ही अंदाज था, उन्हें दीपिका से बात करते हुए सुना लिया था कि जब हमें ठहराने की जगह नहीं थी तो आने के लिए मना नहीं कर सकते थे हम लोग।' इस बात को सुना कर दीपिका का भी मन उदास हो चला था। फिलहाल मुझे कहीं और जाने की जरूरत नहीं पड़ी। चूंकि दीपिका के पिता जी ने हमारी मजबूरी को समझते हुए बिन मांगे सलाह दे दी कि बाहर का मौसम बहुत अच्छा है क्यों न छत पर सोया जाए। मुझे उनकी बात जंच गयी। अगले दिन घूमने और शॉपिंग कराने की बारी थी...। इस बार भी दीपिका मां और बहन चूकने बाज नहीं आई और बोल पड़ी कि...

'दीदी...। आप लोग इतना कमाते हो तो एक कार क्यों नहीं खरीद लेते।'

दीपिका ने मजाक में बोला 'हां..., मैंने भी तुम्हारे जीजू से कहा था कि एक कार खरीद ली जाए पर अभी मना किया हुआ है। क्योंकि कोई जिम्मेदारी तभी उठानी चाहिए जब ज्यादा जरूरत हो।'

इस पर हमारी सासू मां ने कटाक्ष किया 'जब कोई जिम्मेदारी उठानी नहीं थी तो शादी क्यों कि हम लोगों ने जोर नहीं था।'

इतनी बात सुनते ही मेरा तो मन किया अभी भगा दूं उन्हें। लेकिन मेरे बोलने से पहले ही दीपिका ने जोरदार जवाब दिया...

'मां... आपको इतनी फिक्र है हमारी तो आप ही खरीद कर दे दीजिए...। वैसे भी आपकी ये नालायक बेटी बिना कोई खर्च कराए शादी कर ली है तो दहेज ही समझ कर दें।' इस बात को सुनते ही माता जी की बोलती ही हकलाने लगी...

'अरे.... अरे.... अरे.... ऐसी बात नहीं है बेटी। मैं तो बस इतना कहना चाह रही थी कुछ तो ऐशो आराम की चीजें तो होनी चाहिए घर में।'

'क्यों घर में क्या कमी है? एसी, फ्रिज, बाईक और हम दोनों का न खत्म होने वाला प्यार जो किसी भी चीज की कमी को पूरा कर सके। इससे ज्यादा क्या चाहिए हम लोगों को। हां ये बात अलग है कि देखने वालों को दिखाई नहीं देता।' मुझे इस बात ने अपनी ओर खिंच सा लिया। मैंने उनकी बातें सुन ली थी तो आफिस में फोन करके एक गाड़ी का इंताजम करवा दिया और दीपिका को जाते-जाते एटीएम कार्ड भी पकड़ा दिया कि जो खर्च करना हो तो कर लीजिएगा। सब लोग तो वापस चले गये लेकिन उनकी मां ये कह कर रुक गईं कि बेटी के साथ जी भर रही नहीं इसलिए तीन-चार दिन और रुकेंगी। सो क्या था वे रुक गईं। हम लोगों का वही रुटीन था सुबह घर से आफिस फिर आफिस से घर। अब आया मां का जाने का दिन तो वह आफिस से छुट्टी ले रखी थी। मैं भी आफिस से सीधे स्टेशन पहुंच को सीआफ किया और वापस लौटने लगा तो दीपिका बोली...।

'क्यों न हम लोग आज ढेले और ढांबे के खाने का लुत्फ उठायें। वैसे भी 10 दस दिन से कभी नाश्ता-खाना बना-बनाकर थक चुके हैं।' बिना बोले गाड़ी एक ढाबे पर रोककर खाना खाया फिर आईस्क्रीम ली...। लौटे-लौटे हम दोनों के दीमाग में बहुत सी बातें चल रही थीं। बिस्तर पर पहुंचे ही थे कि दीपिका बोल पड़ी...।

'सुनिए... सो गये क्या...?'

'नहीं तो।'

'एक बात मन में था कि क्यों न हम लोग थोड़ा बड़ा मकान देखें। अब बीच-खुच कोई मकान में आयेगा तो ऐसे एडजेस्ट करना पड़ेगा।'

'आपकी बात सही है। लेकिन अभी तुरन्त तो मिल नहीं जाता थोड़ा समय दे दो।'

'हां, मैं भी जानती हूं। इसमें समय लगता है और पैसे भी होने चाहिए। मेरे पास लगभग एक के आस-पास होगा और पापा जी ने जो बॉड दिये थे उसको मिलकर तीन से चार हो जाएगा।'

'अरे... भाई! अभी सो जाओ। देखते हैं कि क्या किया जा सकता है।'

हमारे बॉस ने हम दोनों को एक साथ बुलाया। और कहने लगे...

देखिए, आपका लोन कम्पनी ने अप्रूब नहीं किया है।'

'दोनों का लोन।' चैंक कर हम दोनों ने एक-दूसरे को देखा। क्योंकि हम दोनों ने ही लोन के लिए एप्लाई किया था, लेकिन एक-दूसरे को बताया नहीं था।

'शेखर और दीपिका जी आप दोनों ही हमारी कम्पनी के बेहतरीन और भरोसेमंद एम्पलाई हैं। परन्तु एक ही चीज के लिए दोनों को कम्पनी लोन नहीं दे सकती। एक बात और आप दोनों ने ही पूरी-पूरी सेलरी को कम्पनी द्वारा काटे जाने की भी बात कही है तो आप दोनों अपना खर्च कैसे चलायेंगे।'

हम दोनों ने एक साथ बोला 'सर हम एक-दूसरे के लोन के एप्लाई के बारे नहीं जानते थे तो एप्लीकेशन डाली थी। हम चाहते हैं कि दोनों में किसी एक का ही आवेदन स्वीकार कर दें जिससे हमारी थोड़ी से मुश्किल आसान हो जाए।'

'देखिए...। शेखर और दीपिका जी कम्पनी के बोर्ड ने आपको लोने देने से मना कर दिया है।'

'क्यों...? सर। क्या सर हम लोगों से कोई गलती हो गयी है या फिर कोई ऐसा रूल है।' एक बार फिर चैंक गये।

'अरे आप लोग निराश न होइए। आप लोगों का लोन कैंसिल हुआ है न कि मकान की जरूरत।'

'मतलब सर?'

'बोर्ड आफ डारेक्टर ने आप लोगों का पिछले डेढ़ सालों से वर्क देखा है और पिछले छः माह में जिस तरह कम्पनी को लगभग 20 प्रतिशत फायद पहुंचाया है। इन सबके एवज में कम्पनी आपको एक मकान और गाड़ी बोनस के रूप में दे रही है।'

'क्या सर...?' हम लोगों का मुंह खुला का खुला रह गया और उन्हें थैक्स करने के लिए हाथ बढ़ाया।

'सर...। आपको लोगों का बहुत-बहुत धन्यवाद। कम्पनी ने तो हमारी सारी चिंतायें ही खत्म कर दीं।'

'देखिए मिस्टर एण्ड मिससे। खाली धन्यवाद से काम नहीं चलेगा और हम सभी जानते हैं कि अगले महीने आप लोगों की शादी की साल गिरह है। इसीलिए सब देखकर कमेटी के लोग और हमने डिसाइड किया था आपको गिफ्ट देने का। और इसके लिए आपको हम सभी को पार्टी देनी होगी। समझे......।' इतना कह कर वे हंसने लगे।

हम लोगों को भी हंसी आ गयी। जो सोचा था उससे ज्यादा मिल गया। उस समय एक मां की कहावत याद आयी 'बिन मांगे मोती मिले, मांगे मिले न भीख।'

सुबह से शाम होने को आयी। पार्टी की तैयारी करते-करते हम थक चुके थे। ऐसा नहीं था कि हम अकेले थे इस काम के लिए नीति, जीतू, मुईन और शिवम भी थे। हमने मां से रिक्वेस्ट की थी कि वो पापा जी को मना लें। इसलिए हमारे पिता-माता के साथ-साथ गायत्री और दीपिका के भी घर वाले आये थे। हमने सबको ठहरने के लिए अलग-अलग व्यवस्था कर दी थी जिससे किसी को कोई परेशानी न हो।

'अरे...। मुईन अंजुम को फोन करके देखो कि दीपिका, गायत्री, दिपाली और नीति कब आ रहे हैं। यहां पर सब आ गये हैं।'

'यार...। मैं तो फोन कर लूंगा लेकिन तुम तो तैयार हो जाओ। तुमने तो अभी तक सेविंग वगैरा तक नहीं कर रखी है। क्या ऐसी ही रोनी सूरत लेकर हमारी भाभी के साथ खड़े होगे। बिलकुल बंदर लगोगे। और लोग यही कहेंगे कि बंदर के हाथ में अंगूर।'

'अच्छा दिलाया तुमने। वो फलों वाला स्टाल देख लो कहीं वो खराब फल न लाया हो। और मैं चेंज होकर आता हूं।'

'ठीक है। बाबा मैं सबकुछ देख लेता हूं। इतना ही नहीं सभी स्टालों को ठीक तरह से चेक कर लेता हूं। अब तू जा बेटा वरना गाड़ी छूट जाएगी।'

'अच्छी बात है। मैं जाता हूं एक बात और...।'

'अबे...। अब क्या बचा है बताने को।' वो मुझ पर झल्ला गया।

'बताने को ये बचा है कि अपन लोगों का स्पेशल डिंक दूसरी तरफ है। देख लेना कि जब मैं बताऊंगा तो स्टार्ट करवा देना। ठीक है।'

'यार तू नहीं सुधरेगा। दीपिका को मालूम है।'

'हां....। उसे सब मालूम है और उसी ने सजेस्ट किया था कि हम लोगों ने शादी की पार्टी ज्यादा धूमधाम से नहीं की थी तो ये सब करना पड़ रहा है।'

'देख लेना यार तेरे मम्मी-पापा के साथ और भी लोग हैं। कहीं कोई गड़बड़ न हो जाए।'

'कोई नहीं यार...। मैंने सबकुछ समझ-बूझ कर किया है।'

हम दोनों स्टेज पर बैठ हुए थे। पार्टी चल रही थी कि अचानक अजय और हंशिका की आवाज सुनाई पड़ी तो हम दोनों चैंक गये। अजय, हंशिका और उसके हसबेंड के साथ हमारे करीब आये और बधाई दी। मैं वाकई में बहुत खुश था कि इस पार्टी में सभी लोग थे, जिनके बगैर मेरी इच्छायें अधूरी थीं। एक तरफ डीजे पर सब डांस में मस्त थे इसी बीच हमें लोग पकड़ ले गये। हम सभी डांस कर रहे थे कि दीपिका ने रुक कर मुझसे कुछ कहने की कोशिश की तो मैंने अनसुना कर दिया। वो वहां से निकल कर कुर्सी पर जा बैठी और मां से कुछ कह रही थी जो मैं सुन नहीं सका। वो हमें डांस करते हुए देखकर मुस्कुरा रही थी लेकिन किसी बात की परेशान थी। वह बैठे-बैठे अचानक उल्टी करते-करते बेहोश होनी लगी। मैं तुरन्त उसकी तरफ भागा और सीधे डॉक्टर के पास ले गया। हमारे साथ में मुईन, हमारी और उनकी मां व गायत्री भी थे।

जब हम लोग वापस पार्टी में पहुंचे तो हमारी खुशी चैगुनी हो चुकी थी। क्योंकि मैं बाप बनने वाला था। सभी लोगों एक और बधाई दी। सारे महेमान एक-एक करके जा चुके थे। घर में अब चाचा-चाची, और दोनों के परिवार के ही सदस्य बचे हुए थे। हमारी और उनकी मां दोनों ही दीपिका को हिदायत दे रहे थे कि अब ऐसा करना, वैसा न करना, क्या खाना, क्या न खाना आदि-आदि। मैं चुपचाप उनकी बातें सुन रहा था। आज अहसास हुआ कि जिम्मेदारियां क्या होती हैं? इसी बीच हमें तंग करने गायत्री, नीति और दीपाली आ पहुंची कि हम उन्हें क्या दे रहे हैं इसी खुशी के लिए...। मैं किसी तरह भागता हूं बाहर आया तो...।

'भाई साहब जो भी हुआ। उस पर मिट्टी डालिए। इन बच्चों को खुशी-खुशी आशीर्वाद दीजिए।' दीपिका के पिता जी हमारे पिता जी कह रहे थे।

'आपने बड़ी आसानी से कह दिया कि भूल जायें। लेकिन हम ही नहीं आपकी भी बेज्जती हुई है उसका क्या? क्या बच्चों को समझ में नहीं आना चाहिए कि उनकी एक छोटी सी भूल भी सभी जिंदगी बदल सकती है।'

'आप सही कह रहे हैं। लेकिन सच्चाई भी आप जानते हैं कि आपके बेटे ने बिना कोई जुर्म के सजा भुगती।'

'यही तो मैं भी कह रहा हूं कि अगर वह बेकसूर था तो हमसे बोला क्यों नहीं। जबकि मैं खुद एक वकील हूं। मैं कोई रास्ता निकाल लेता।'

'आप खुद अच्छी तरह से जानते हैं कि स्वयं आप ही उससे मिलना नहीं चाहते थे और उसकी बात सुननी तो दूर आपने उसका चेहरा तक नहीं देखना पसंद किया। ये बात मैं ऐसे ही नहीं कह रहा दीपिका और मुईन ने हमें सारी बातें बताई थीं।

लेकिन मेरी मजबूरी मेरी दोनों बेटियां और समाज था। वरना इस बच्चे को खुद ही बाहर निकाल लेता।'

'मैं मानता हूं कि उससे मिलने कभी नहीं गया और न ही बात सुनी। लेकिन मेरे बार-बार मना करने पर वह वही काम करता था जो उसे नहीं करना चाहिए था।'

'आप सही कह रहे हैं। बच्चे उस उम्र में नादानियां कर लेते हैं। इसका मतलब ये तो नहीं उन्हें हम अपनी जिन्दगी से बाहर कर दें। अच्छा अब आप ही बताइए कि आपके दामाद ने जो भी किया। इसके बाद क्या आप अपनी बेटी की शादी उससे तोड़ देंगे? नहीं न। यही तो मैं आपको समझाना चाहता हूं कि इन बच्चों को माफ कर दीजिए।'

'भाई साहब। एक बात कहूं जब मैं इस बच्चे के साथ आप लोगों के घर गये थे तो इस मकसद से गये थे कि आप दोनों लोग इसकी बात सुनेंगे लेकिन आप सभी ने उस समय भी कोई बात नहीं सुनी थी। इन बच्चों ने बहुत दुख पाया इस छोटी उम्र में। सच कहूं तो यहां पर आकर और उनकी खुशी में शामिल होकर सबको बता दिया है कि आप इनसे नाराज नहीं है।' चाचा जी ने कहा।

मेरे पिता जी ने कहा 'देखिए। मैंने पहले भी कहा कि मैं गुस्सा हूं इनकी हरकतों पर। ना कि इन पर...।'

इसी बीच नीति ने सभी के लिए नाश्ता लेकर गयी। पापा ने उसकी ओर बड़ी गौर से देखा और कहा 'काश आपको हम अपनी बेटी बन सकते।' इतना कहना था कि पीछे मेरी माता जी बोल पड़ीं कि

'क्यों नहीं बना सकते अपनी बेटी। शिवम के लिए बिल्कुल ठीक रहेगी।' क्यों भाई साहब।

'ये कैसे हो सकता है। ये इतने बड़े घर की है और हमारे यहां कैसे एडस्ट करेगी।' पिता जी ने कहा तो चाचा जी भी पीछे नहीं रहे और बोल पड़े...

'भाई साहब। बड़े हम नहीं आपका बेटा है जिसने मुझ जैसे ढाबे वाले को एक होटल वाला बना दिया वो अपनी मेहनत से...। इतना ही नहीं हमारी बेटी-बेटे को अच्छी शिक्षा भी आपके ही बेटे ने ही दी है। जब आपका बेटा हमारा हो सकता है तो हमारी बेटी आपकी बेटी क्यों नहीं हो सकती। हमें तो मंजूर है लेकिन एक शर्त पर।'

'क्या...?' सबके मुंह से निकला।

'यही कि आप सभी लोग इन बच्चों को माफ कर इन्हें आगे बढ़ने का आशीर्वाद दीजिए। तभी हो सकती है हमारी बेटी आपकी और एक बात वकील

साहब आप बात-बात पर अदालत नहीं लगायेंगे अपने घर में समझे...।'

सभी लोग हंस पड़े। नीति शर्माते हुए अंदर आने लगी तो उसकी नजर मुझसे टकरायी तो मुंह छुपाकर सीने से लग गयी। मैंने भी उसे एक बच्चे की तरह सीने से लिपटा लिया और धीरे से कान में कहा 'तुम पहले भी हमारी छोटी बहन थी और आगे भी छोटी बहन ही रहेगी।'

बारह साल बाद भी वो पल याद करता हूं तो खो सा जाता हूं। जैसे कि अब होश में आया हूं। शिवम-नीति, गायत्री-तरुण और हमारे बच्चों ने खेल-खेल में हमारे ऊपर तकिया फेक कर मारा। मैं इन शामिल हो गया इन शैतानियों में। मेरे पिता यानि कि बच्चों के दादा जी भी इसमें पीछे नहीं रहते। वो अपनी वकालत भूलकर उन जैसे बन जाते हैं। फिर घर में अदालत लगती है मेरी माता जी, जज और वकील हमारी मोहतरमाएं बन जाती है। सजा सुनाई जाती है कि हम सब लोग मिलकर कमरा ठीक करें, बाजार से समान लायें और शाम का खाना भी बनायें। ऐसी सजा पाकर दिल में आता है कि कभी खत्म न हो हमारी सजा।

--इतिश्री-

1

www.ingramcontent.com/pod-product-compliance
Lightning Source LLC
Chambersburg PA
CBHW020936160726
47993CB00007B/2808